風聲雨聲讀書聲聲聲入耳

家事國事天下事事事關心

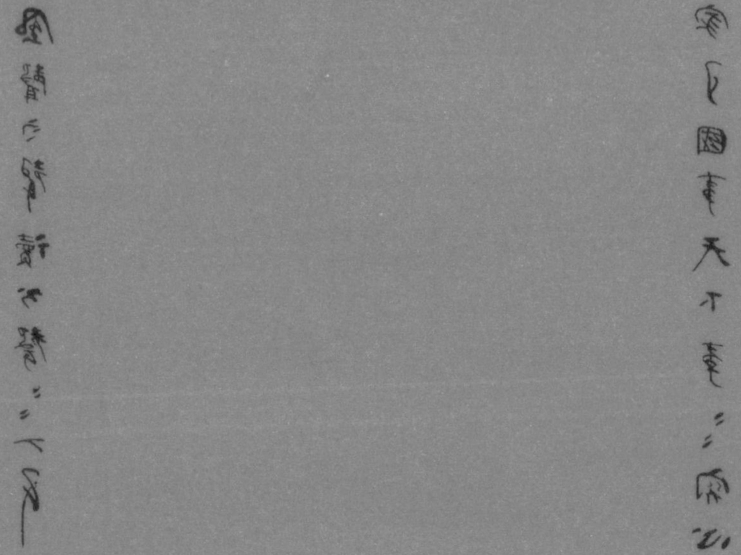

锡山楹联

中国人民政治协商会议无锡市锡山区委员会 编

凤凰出版社

图书在版编目（ＣＩＰ）数据

锡山楹联 / 中国人民政治协商会议无锡市锡山区委员会编. -- 南京 ：凤凰出版社，2023.10
ISBN 978-7-5506-3986-7

Ⅰ. ①锡… Ⅱ. ①中… Ⅲ. ①对联－作品集－中国 Ⅳ. ①I269

中国国家版本馆CIP数据核字(2023)第169889号

书　　　名	锡山楹联
编　　　者	中国人民政治协商会议无锡市锡山区委员会
责任编辑	杜锦瑞
装帧设计	陈贵子
责任监制	程明娇
出版发行	凤凰出版社(原江苏古籍出版社)
	发行部电话 025-83223462
出版社地址	江苏省南京市中央路165号,邮编:210009
照　　　排	南京凯建文化发展有限公司
印　　　刷	安徽省天长市千秋印务有限公司
	安徽省天长市郑集镇向阳社区邱庄队真武南路168号
开　　　本	718毫米×1005毫米　1/16
印　　　张	13.75
字　　　数	154千字
版　　　次	2023年10月第1版
印　　　次	2023年10月第1次印刷
标 准 书 号	ISBN 978-7-5506-3986-7
定　　　价	68.00元

(本书凡印装错误可向承印厂调换,电话:0550-7964049)

顾宪成纪念馆
风声雨声读书声，声声入耳；家事国事天下事，事事关心。

明华学士坊

倪瓒雕塑

倪瓒纪念馆
心洁身洁名亦洁，处浊世偏能洁己；学高才高品更高，问当时孰并高风。

华蘅芳故居行素轩
漫恃高才能倚马；
终教绝技等屠龙。

华蘅芳故居惇惠堂
静坐论真妙；扬词展寸心。

钱穆旧居

水到渠成看道力；

崖枯木落见天心。

钱穆旧居

1. 读圣贤书，立修齐志；行仁义事，存忠孝心。

2. 几百年人家，无非积善；第一等事业，还是读书。

李忠定公祠

1. 望重三朝持亮节；
   书陈十事秉丹心。
2. 进退一身关社稷；
   英灵千古镇湖山。
3. 至策大猷垂法戒于万世；
   孤忠伟节奠宗社于三朝。

阿炳祖居内景

祖宅留幼梦，童心朗朗惯闻道观鼓吹曲；长街度暮年，傲骨铮铮绝奏民间丝竹音。

姚桐斌故居

两弹一星元勋姚桐斌立功祖国；千载百代古镇黄土塘喜获殊荣。

严家桥唐苑景溪亭
思还故国，水云知寓意；
恭敬梓桑，仁厚见宅心。

严家桥牌楼
沃野平川连澄虞，且闻鸡鸣三县声；吴风秀色绕村舍，但见文传千秋情。

锡北革命烈士陵园

转战江南，生死为民驱虎豹；长眠锡北，柏松拔地护英雄。

鹅湖玫瑰文化园

炽热下笔凝爱国深情；激情歌唱谱时代新篇。

大成桥桥联左联

大成桥桥联右联

胜迹平分，右梁溪左虞麓；浩流奔赴，前宛水后长江。

大成桥

荡口古镇永安桥

黍稔晨收，菖蒲夕泛；濠湖东注，苏荡西来。

荡口古镇太平桥

前庚子人后庚子年，主议改建；昔用木架今用石叠，永砥中流。

会通馆

会锡金风，印成典籍传吴韵；通铜活字，铸就奇书辉汉光。

会通馆

燧人取火，始启文明万代；铜字印书，终领璀璨群星。

新四军六师师部旧址纪念馆

雄师具梅花之骨，耐苦耐寒，常使风云驱虎豹；

诸巷萦豪杰之声，为民为国，高悬肝胆照春秋。

新四军六师师部旧址

小楼入史，初瞻遗物豪情壮；满院含情，再唱军歌信念坚。

锡北革命历史纪念馆

鏖兵锡北，激战澄南，丰碑高耸昭先烈；松柏参天，鲜花遍地，青史长铭启后昆。

仓下中学
重道承前，
奠定根基增砥砺；
育才启后，
提升境界获琳琅。

仓下中学
教研相辅终成大器，
学用并臻须做真人。

仓下中学
半亩方塘来活水，
满园嘉树笑春风。

红豆集团

红豆集团
红豆续传奇，梦逐九州，声蜚四海；青春书奉献，心祈一愿，民惠万家。

中国乡镇企业博物馆

发轫江南，千难万险何曾悔，创业创新，乡镇异军腾虎步；
励行天下，万水千山犹等闲，更强更快，中华大业展鸿图。

祇陀寺

相相离相，亲证实相之妙相；门门普门，直入无门之法门。

慈云禅寺

慈悯众生，
劝善因善果；
云悲佛性，
缘度厄度劫。

胶山古寺

寺建梁朝，佛藏金粟；禅传日国，泉观青龙。

胶山古寺大雄宝殿

北祝吾君王，列仗太平幡秀宇；西来拜我佛，入门大笑钵生花。

芙蓉山双刹贤寺牌楼

1. 古芙蓉，香烟缭绕三千载；今双刹，声声弥陀去西方。

2. 今佛古佛，莲池海会佛菩萨；普度众生，苦海般若舟慈航。

天台寺

做个好人，心正身安魂梦稳；行些善事，天知地鉴鬼神钦。

水墩庵

继蜀乔遗志戒杀护生；
促社会和谐万物共荣。

水墩庵

水墩庵

云庆寺

云庆寺天王殿

云庆报亲，福田广种；宛山陆水，自性常明。

植福寺戏楼

古往今来，莫道临场皆幻境；丹楹刻桷，居然旧制换新貌。

序 一

今年区政协组织专门力量编撰了《锡山楹联》一书，用楹联这一独特的文体，展现锡山的人杰地灵、物华天宝。楹联通过对偶、排比、比喻、引典等多种文学修辞方式，又辅之以抑扬顿挫的音韵，无论叙事、描述、赞叹、歌咏，都能表现出深厚广博的内涵，让人顿悟、振奋、深思。我们在阅读这些楹联时，得以重温当时的历史，重启当下的思索，享受文化的美感和魅力。

历史锡山，源远流长。这里是"至德之邦"的勾吴腹地，吴泰伯在这里创建了闻名世界的吴文化。汉高祖五年（前202年）始置无锡县。漫漫历史长河中，锡山虽几易其名，但文化的脉络和印记却随着历史的推进，愈加沉淀、清晰、辉煌。

人文锡山，深厚绚丽。历代以来，锡山名人不胜枚举。他们都和锡山文化有着血脉相连的关系。"谁知盘中餐，粒粒皆辛苦"的悯农诗人李绅、开创水墨山水一代画风的"元四家"之一的倪瓒、"家事国事天下事，事事关心"的东林党党首顾宪成、《二泉映月》作曲并演奏者华彦钧（俗名阿炳）、《歌唱祖国》词曲作者王莘、国学大师钱穆、漫画家华君武等诸多古今名人，都在锡山这块土地上留下了深深的印记，更使锡山的人文底蕴尤显厚重深远。

活力锡山，精彩纷呈。百年之前中国最初的民族工商业在此发轫；六十年前这里诞生了中国最早的乡镇企业，形成蜚声中外的"苏南模式"；三十年前锡山创造出中国最强县域经济，蝉联三届百强第一县，无锡县（其时建置为无锡县）被誉为"华夏第一县"。如今展现在人们面前的则是锡山加快建设无锡高质量发展标杆区的一派勃勃生机。

美丽锡山，魅力永恒。境内风光秀丽，古迹众多：绵延着绚丽多姿的吴地文化的荡口古镇，诉说着二十世纪二三十年代无锡米、布、书、药四大码头繁华故事的严家桥古镇，见证着锡山环保悠久历史的斗山水墩庵"中华生态保护第一碑"，讲述着以德为大动人故事的千年名刹云庆寺和宛山石塔（报亲塔）等。锡东新城建设的推进，乡镇街区面貌的日新月异，无不是锡山在用实践向世人证明着美丽锡山的和谐发展。

我们坚信：锡山深厚、古老、浓郁、灿烂的历史文化，乡贤名士事迹、山川地理风貌，不仅依凭地方史志、文物古迹和文人笔记得以堆积、深藏，也同样可以依托诗词楹联，世代流传，熠熠生辉！

习近平总书记指出："文化是一个国家、一个民族的灵魂。文化兴国运兴，文化强民族强。"区政协编撰本书，其主旨是挖掘和发展地方特色文化，让我们在阅读中重温历史、重启思考、重享美感。这是一件具有深远意义的大事。功在当代，利在千秋！

祝锡山区政协的文史编撰工作更上一层楼！

中共无锡市锡山区委书记

2023 年 8 月

锡山楹联

序　二

近年来，锡山区政协做了一件很有意义的事，即搜集整理散布在区内各地、散落在古今各类书籍内的与锡山人文、历史、名胜、风物等有关的楹联。这些楹联汇集一起达数千副之多，不仅蔚然大观，而且大多数质量上乘，类型众多，很有可读、可藏、可研性。书稿即将付梓，嘱我写序。我是生于斯长于斯的子民，固是不应推辞，更应遵嘱欣然命笔。

读完《锡山楹联》一书，出现在脑海中的，仿佛不是一个个方块字，而是一幅幅精美的图画，有的似乎已沉寂千年，有的又十分活色生香。这些图画诉说着发生在锡山这块土地上的许多生动故事。

第一幅映入眼帘的是历经数千年的历史长卷。"鸿峰远映风樯外，梅里平连云水中"，"东望虞麓虎丘尽孔道，西达惠峰鸿岭皆康衢"，"碧水飞凫万古吴王圣迹，清溪映月千年学士遗规"，这三副联都是桥联，镌刻在石条上，倒映在清流中，不易被人为损坏。桥是历尽沧桑的桥，联是古雅隽永的联，联早已与桥融为了一体。它们用石的语言告诉人们锡山是泰伯奔吴后筑城建邦的中心腹地，对江南的开发和文明的传播作出了重要贡献，令锡山人顿生自信自豪之感。

第二幅画特别吸引眼球，画上是人才辈出、群星闪耀的璀璨星河。"声随风雨相呼，四面云天皆可读；德并言功不朽，千秋家国许同行"，这副联盛赞了东林党首领顾宪成立德、立言、立功的伟业。"漫恃高才能倚马，终教绝技等屠龙"，挂在华蘅芳故居的这副联，深刻揭示了华蘅芳先生的精神世界，赞美了其卓越才技。从古代圣君虞舜到现代的两弹一星元勋姚桐斌，从身居高位、筹划政治军事的抗金名相李纲到一度流落街头卖艺、生活悲惨的一代艺术大师华彦钧……历史长河流淌数千年，人的身份和经历虽不同，但只要对人类社会和地方经济发展有贡献，楹联都不吝笔墨予以吟诵。可以这样说，锡山的政星、将星、科星、文星等，皆融入祖国无比璀璨的星空中，贡献了他们自己特有的亮度，贯穿古今，照亮未来。

第三幅是波澜壮阔的改革开放和乡镇企业的迅猛发展图。锡山早就有发展民族工商业的光荣传统，唐氏企业是其中的杰出代表。20世纪50年代，乡镇企业率先在东亭炸响第一声春雷，改革开放后，更是铆足了劲，发力奔跑，从而异军突起，成为地方经济发展的生力军，也带动和引领了全国民营企业的迅猛发展。"梦逐高天，张开云翼；山登绝顶，矗起锡峰"，这副联吟赞了无锡县获得"华夏第一县"的盛誉，生动而提气。"仰瞻北斗，轻踏东风，港下驰来千里马；红豆燃情，金针得意，指尖织出万家春"，这副联盛赞了乡镇企业中的典范红豆集团在60多年的发展进程中，创造了不平凡的业绩，具体而艺术。

第四幅展现的是中华人民共和国成立以前，锡山共产党人和革命志士反抗侵略、反对剥削的波澜壮阔的浴血奋战图。"一扫寇氛，布阵在雨夕风晨、苇滩芦荡；频传捷报，决胜凭兵机将略、越剑吴勾"，这是新四军六师师部旧址纪念馆联。"转战江南，生死为民驱虎豹；长眠锡北，柏松拔地护英雄"，这是锡北革命烈士陵园联。陵园中安息着 367 位英烈，这些联语和数字常常提醒人们，要不忘初心、牢记使命，要凝聚力量，踏着革命先辈的足迹，砥砺前行、笃行实干。

第五幅展现的是山水相映、万木葱茏、烟雨迷茫的江南水墨画。"波心月映虹垂影，水面风生浪作堆"，"鸟冲细雨桥荫出，蝶弄微风草际来"，这两副联把江南的许多典型景象一一凸显出来，小桥流水、微风细雨、虹影桥荫、鸟冲蝶弄，不仅意境美、画面清新，且动感强、代入感更强，令人沉浸其中。"巷延文脉千年韵；鱼读月盘十里河"，令人在古朴的严家桥寻觅，在月光下的河边徘徊；"曲涧低围连圃后；小池新凿在门前"，令人遐想不已——正是在这一幢幢曲涧小池环绕、青松翠竹掩映的深院中，仅仅在现代就走出了像钱穆、钱伟长、华君武、王莘等一批批饱读诗书的真才子、志在家国的伟君子，才使得今日的荡口格外古意盎然、韵味无穷！再加上 21 世纪以来，随着美丽乡村建设的大力推进，钟灵毓秀的锡山大地上又平添了一抹抹斑斓色调，更加令人神往！

一副副卷轴将一粒粒联作之珠用彩线串起，并以彩笔绘成这交相辉映的五幅图画，给人以沉浸式体验，令人印象深刻。五幅美图，不仅直观展示出关于锡山历史人文风光等方面的情况，让人能更了解锡山、更热爱锡山，还以其艺术性的表达直击心灵，感染人、激励人，令人产生深层次的共鸣，这是其文学上的价值。细细读来，本书不乏上乘的楹联艺术作品。"七碗新茶，沁心散暑；三杯甘露，荡口生香"，这副联是邹弢先生 20 世纪 20 年代为甘露、荡口交界处一茶馆所撰。此联既生动自然地嵌进两处地名，又符合行业特点，令人称绝，读之似感口齿噙香。"洁魄清魂，定来自五湖三泖；幽情逸趣，当玩兹蕉雨桐风"，倪瓒纪念馆广场这副联融景、情于一体，将云林先生文人之风骨、高士之品格、高洁之格调体现得淋漓尽致。佳作之胜，特别要提到的是顾宪成纪念馆的这副"五声五事"联："风声雨声读书声，声声入耳；家事国事天下事，事事关心。"此联艺术手法独特，特别是意境深、立意高，在历代名联中一直占有很高地位。联中蕴含的忧国忧民的抱负、家国情怀的追求，历来为人们所称道，也激励着一代一代读书人义无反顾地奔赴理想。

佳联还有不少，图画也不止这五幅，仅取此一角之景，已可窥见本书之貌矣！

当然，本书中收录的楹联也不是每一副都能算作上乘佳作，也有些存在平仄、对仗、遣词造句、立意等方面的瑕疵，编者也注意到并细心指出了其中一些不足。作为资料性保存和展示，亦不妨存录。

锡山区历来是创新之区，是吴文化、吴歌、锡剧、乡镇工业的发源地，目前正在加快建设成为无锡市高质量发展标杆区。《锡山楹联》出版之际，我由衷地祝愿锡山的楹联事业更上一层楼，努力成为江苏楹联事业高质量发展的标杆区，并以高质量楹联发展助力全区经济社会等各项事业的高质量发展。

是为序。

原江苏省建设厅厅长，江苏省楹联研究会会长

周　游

癸卯荷月于金陵

目　录

东亭楹联

　　东亭街道，地处无锡市东部，为锡山区委、区政府驻地和锡山经济技术开发区所在地。地铁 2 号线、沪宁铁路、锡澄高速公路、 312 国道穿越全境，近苏南机场。北兴塘河连通京杭大运河。东亭街道交通便捷，富庶繁荣，为江南名镇。

　　东亭从西汉建无锡县算起，镇史 2000 余年，是一个历史悠久、人文荟萃的名镇。这片土地，不仅诞生过唐代大诗人李绅，也哺育了名扬世界的现代民间音乐家华彦钧、全国著名医学家诸福棠、复旦大学原校长华中一、原江苏省委书记处书记包厚昌等名家逸士。

　　东亭街道历史文化源远流长，保存有明华学士坊、阿炳祖居等历史遗迹，留下了许多楹联佳作，记录了过去那璀璨的历史，值得人们学习、品赏。

华彦钧

华彦钧（1893年—1950年），著名民间音乐家，艺名阿炳，无锡东亭人。父亲华清和世居东亭，为城中崇安寺雷尊殿当家道士。华彦钧4岁丧母，由同族婶母抚养。8岁随父在雷尊殿当小道士。开始在私塾读了3年书，后从父学习鼓、笛、二胡、琵琶等乐器。华彦钧自幼便表现出罕见的音乐天赋，10岁那年，父亲便教他迎寒击石模拟击鼓，练习各种节奏，后成为当地有名的司鼓手。12岁那年，华彦钧开始学吹笛子，父亲经常要他迎着风口吹，且在笛尾上挂铁圈以增强腕力，后来索性将铁圈换成了秤砣。华彦钧在学二胡的时候，更加刻苦，琴弦将身体勒出血痕，手指也拉出了厚厚的茧。17岁时，华彦钧正式参加道教音乐吹奏。

华彦钧25岁时父亲去世，他继为雷尊殿的当家道士。34岁时双目先后失明，为谋生计，他身背二胡，走上街头，自编自唱，说唱新闻，沦为街头艺人。"瞎子阿炳"这一艺名是经他本人首肯的，说明了他面对自身境遇持不咸不淡的心态，其中亦有一些处乱不惊的自我解嘲，一种骨头很硬的幽默感。民国三十六年（1947年），他肺病发作，卧床吐血，从此不再上街卖艺，在家以修理二胡为业，艰难度日。

无锡解放后，1950年夏，中央音乐学院发起发掘、保存和研究民间音乐项目，并委托杨荫浏教授等专程到无锡为华彦钧录制了《二泉映月》《听松》《寒春风曲》3首二胡曲以及《大浪淘沙》《龙船》《昭君出塞》3首琵琶曲。

1950 年 12 月 4 日华彦钧病逝，终年 57 岁，始葬于无锡西郊
璨山明阳观"一和山房"旁的道士墓地。1953 年，中国音乐研究
所和无锡市文联为华彦钧补立金山石墓碑。墓碑正中镌刻隶书
"音乐家华彦钧阿炳之墓"，碑形似琵琶，顶端有二胡和琵琶浮雕，
腰部有花纹，象征华彦钧的艺术生涯。20 世纪 60 年代，华彦钧墓
被平掉，碑被砸断。1979 年 5 月，无锡市博物馆在原墓地拾骨。
1983 年 10 月，迁葬锡惠公园映山湖坡上、黄公涧畔"翠筠深处"
牌坊前。新墓形似音乐台，以山坡作墓墩，金山石砌墙、铺地，
后墙嵌"民间音乐家华彦钧（阿炳）之墓"墓碑，碑文由著名音
乐教育家杨荫浏书，墓前侧立华彦钧拉着二胡的铜像，由著名雕
塑家钱绍武设计制作。

1993 年，华彦钧诞辰 100 周年之际，东亭镇人民政府、春合
村委对地处小四房巷的华彦钧（瞎子阿炳）祖居进行修复。修复
后的祖居有客堂和两间厢房，房前有天井。祖居面积 80 平方米，
室内陈列阿炳塑像、照片、生平事迹、主要作品，及阿炳生前用
过的物品等。中国音协名誉主席吕骥为阿炳祖居题写了匾额。

周游题华彦钧：

目瞽心明，泉边每映一轮月；
听松淘浪，弦上已生万缕风。

"瞽"，目盲，指华彦钧晚年双盲失明。"听松""淘浪"，均指
华彦钧二胡曲。此联对仗工整，用词典雅，又巧妙地嵌入了阿炳
的曲名。撰联者为原江苏省建设厅厅长、江苏省楹联研究会会长，
锡山区羊尖人周游先生。

姚伟明题华彦钧：

五音百转听松，浮现阴晴圆缺，万象人生，四海惊呼天籁也；

一曲二泉映月，兴怀离合悲欢，九州情结，千年回响世间哉。

"五音"，中国古代以五音阶"宫、商、角、徵、羽"记谱。"听松"，指《听松》，华彦钧二胡曲名。

阿炳祖居陈列展示馆位于东亭街道春潮路与资景南路交叉口西南侧，共分为前院和客堂、东间、西间、灶间、杂物间和后院7个部分。这里是阿炳之父华清和的老家，也是阿炳童年居住的地方，故称阿炳祖居。自2019年5月起，东亭街道正式启动阿炳祖居修缮工作，本次修缮不改变祖居的原状原貌，不损坏建筑的结构和部件，以第一次展览的内容为基础，作适当的调整、修改和补充，真实简朴，将阿炳童年生活场景的复原与现代纪念性景观的点缀相结合。

祖居厅堂悬挂对联一副：

祖宅留幼梦，童心朗朗惯闻道观鼓吹曲；
长街度暮年，傲骨铮铮绝奏民间丝竹音。

该联由夏刚草撰，孙璘书。夏刚草，原名云甫，江苏武进人。南京师范大学汉语言文学专业本科毕业，先后从事教育、文化工作。历任无锡市文物管理委员会办公室副主任，市文化局文物科科长，东林书院文物管理处主任、研究馆员。

孙璘，号乐之，男，江苏无锡人，民盟中央美术院副院长，中国书法家协会理事，江苏省书法家协会常务理事、刻字专业委员会主任，无锡市书法家协会主席。

魏艳鸣题阿炳祖居：

谱坎坷入弦，问谁人会意，跌宕泉声清映月；
放身心出世，任物我同怀，微茫风色静听松。

张亦伟题阿炳祖居：

指中寂寞，长街短巷留孤影；
弦上铿锵，目瞽心明奏二泉。

阎长安题阿炳祖居：

徒唤春风，一曲尽人生坎坷；
欲留朗月，二泉映世道凄凉。

徐仲年

徐仲年（1904年—1981年），原名家鹤，字颂年，笔名丹歌，锡山东亭人。7岁起先后就读于当地私塾和小学、无锡第三师范附小、上海同济大学德文班和基督教青年会中学。1921年赴法国勤工俭学，1926 年入里昂大学文学院学习，1930 年 2 月获文学博士学位，1930 年 11 月回国，任上海国立劳动大学教授，兼图书馆馆长与出版科科长。1932 年—1949 年，任中央大学教授，曾被选为中大教授会主席，又在上海震旦大学、复旦大学、中国公学、中法通惠工专兼任教授。

中华人民共和国成立后，徐仲年任南京大学教授、西语系法国文学教研室主任，兼南大图书馆副馆长，并继续从事法文写作及翻译。1956 年—1976 年，任上海外国语学院法语专业筹备委员、德法语系法语教授，兼院图书馆委员会主任委员，同时担任中国农工民主党上海外国语学院支部主任、上海外文协会理事。徐仲年主编了中华人民共和国成立出版的第一部《简明法汉词典》。

1976 年，徐仲年退休，他豪迈地提出：退而不休。他在退休后的五年多时间里，编写成一部 60 多万字的《法语动词变位词典》；与黄昕合译了《拉封丹寓言诗》；校订了儒勒·凡尔纳的《十五岁的小船长》；帮助李治华在法国出版了《红楼梦》法译本。在上海京剧团出访西欧之前，他用两个星期的时间，为京剧团赶译了《杨门女将》《贵妃醉酒》《三岔口》《拾玉镯》《除三害》《雁荡山》《秋江》7个剧本和剧情介绍。1984 年 4 月法国总统密特朗访华，在对南京大学师生讲话中谈到中法文学交流时，赞扬了徐仲年。

据《无锡文史资料》第 22 辑记载，徐仲年先生逝世后，上海外国语学院（现上海外国语大学）以师生的名义，发表了两副挽联以示悼念。

其一：

关心国事，辗转无寐，憾宝岛未归；

发愤著述，焚膏继晷，怨鬓发早衰。

"宝岛"，指我国台湾。"焚膏继晷"，见唐韩愈《进学解》："焚膏油以继晷，恒兀兀以穷年。""膏"，点灯油脂。"晷"，日光。此指夜以继日的意思。

其二：

韩欧百万言，铮铮风骨，文章永照天上；
洙泗三千众，耿耿赤诚，遗爱长在人间。

"韩欧"，唐代文章大家韩愈和宋代文章大家欧阳修的并称。"洙泗"，围绕曲阜的洙河、泗河，孔子曾在洙泗之间聚徒讲学，故言"三千众"。

桥　联

江南水乡河湖港汊密布，故多桥。造桥为当时大工程，亦是造福民生的善事，故大多数桥洞两侧镌刻楹联，内容大抵为建桥史话、方位勾勒、地方特色介绍等。桥联一般为当地乡贤或捐资建桥的乡绅所题，很少有落款。

大西桥

大西桥位于锡山区东亭街道老街附近的学士路上，旧名永安桥，始建年代不详。据朱海容《华抱山》一书记载，南北各有桥联一副。

桥南：

> 隆亭光复先贤宅；
> 伯渎遥通学士桥。

"隆亭"，东亭旧名，有"千日造隆亭，一夜改东亭"之说。"先贤"，指明代乡贤华察。"伯渎"，南向三里的伯渎河。"学士"，桥名。大学士华察在家乡曾建江陂桥（今江溪桥）、学士桥（在江陂桥南）、砖桥（今瞻桥）、鸭城新桥、冷新桥等。

桥北：

> 蓉峰远映风樯外；
> 梅里平连云水中。

"蓉峰"，即北向五里芙蓉山。"樯"，挂帆之桅杆也。"梅里"，泰伯所建句吴国都，今梅村。

老塘桥

老塘桥位于东亭街道北，横跨九里河上，建于清乾隆三十一年（1766 年）前后。桥门高大，昂起如龙头，民间俗称"龙头桥"。龙头桥横向处还有一小石桥，亦如龙颈，故称"龙颈桥"。如今这两座古石桥早已不复存在，当地重建了钢筋混凝土新塘大桥。

据朱海容《华抱山》记载，桥东西向各有一副联。

东塅：

> 春风自信牙樯动；
> 迟日徐看锦缆牵。

"春风自信"，意谓春风似人守信，按季节自来。"牙樯"，指桅杆的"顶部"，此处代帆。"迟日"，春日。《诗·豳风·七月》："春日迟迟。"杜甫《绝句二首》："迟日江山丽，春风花草香。""锦缆"，拉纤的纤绳。"牙樯""锦缆"可参考杜甫《秋兴八首》之六"锦缆牙樯起白鸥"。

西塅：

> 倚槛俯芳洲，看上下龙峰，倒影不殊明镜里；
> 临津当要道，数往来鹢首，行程都在卧虹中。

"槛（jiàn）"，栏杆。"龙峰"，指惠山，惠山俗称九龙山。"津"，指渡口。"鹢首"，古代船头画有鹢鸟，故称船头为鹢首，此借指船。"卧虹"，圆孔桥如长虹卧跨河上。

诸葛大王庙

诸葛亮（181年—234年），字孔明，号卧龙，琅玡阳都（今山东临沂沂南）人，三国时期蜀汉杰出的政治家、军事家、文学家，官至蜀汉丞相。三国建兴元年（223年）刘禅继位，诸葛亮被封为武乡侯，领益州牧。诸葛亮为政时期，励精图治，推行屯田政策，赏罚分明，改善和西南各族的关系，促进了当地经济、文化的发展。其代表作有《出师表》《诫子书》等。

诸葛亮足智多谋，忠君爱国，历代受尊崇，全国各地多有立庙祭祀。旧时，锡山东亭亦有"诸葛大王庙"，具体地址不详。有窦镇《师竹庐联话》记载，清贡生孙勖三题东亭诸葛大王庙联为证：

大业蜀都扶汉帝；
旧交邻社协徐君。

"蜀都"，蜀汉都城。"汉帝"，蜀汉帝王，刘备、刘禅二朝。"徐君"，徐庶，三国时期人物，东亭亦有徐庶庙，故谓"邻社"。

徐庶大王庙

徐庶（？—约230年），字元直，豫州颍川（治今河南禹州）人。刘备屯新野时，徐庶前往投奔，并向刘备推荐诸葛亮。曹操南下时，徐庶因母亲被曹操所虏获，不得已辞别刘备，进入曹营。后世留下"身在曹营心在汉"成语，此举也成全了徐庶为孝子的声誉。旧时，东亭新塘桥建有"徐庶大王庙"，有佚名旧联一副。

先重阳三日，合中秋两旬，愿岁岁今朝，祭祀以时，造福具区新气象；

仰西蜀大名，留东吴纪念，卜年年此地，笙歌不断，来拜丞相旧祠堂。

"具区"，太湖之古称，另一古称为震泽。"卜"，祝也。"丞相"，徐庶在曹魏官至御史中丞。

安镇楹联

　　位于无锡东部的安镇，是一个历史久远的古镇，古称西堠村，相传为南唐设堠（古代瞭望敌情的土堡）之地。明洪武年间因境内有安汝德墓而改称安家坟前。清乾隆年间，安氏兴盛，改名为安镇，并沿用至今。

　　明朝中期的安国，是安镇历史上的著名人物。安国性喜藏书，进而铸造活字铜版来印刷书籍，在明代印刷史上有重要地位。安国喜旅游，并在胶山建造了著名的江南名园"西林"，是一位造福乡梓、多才多艺的传奇人物。

　　安镇为无锡锡东大镇。境内生态优美，风景怡人，名胜古迹遍布，名人志士辈出。安镇有吼山、鸡笼山、凤凰山、胶山、翠屏山等山丘，映月湖中央公园、九里河湿地公园等，融自然景观和休闲娱乐于一体，彰显了现代城镇的魅力。

吼山森林公园

吼山，原名堠山，一名七云山，坐落在无锡市东 10 公里的查桥东北，山高 125 米，东西走向，山势蜿蜒起伏，形如卧龙。面积 5.6 平方公里。《泰伯梅里志》《吴地记》等都对此山有所记载。

吼山人文历史悠久。商朝末年，古公亶父（周太王）长子泰伯，偕弟仲雍，南奔荆蛮，曾在吼山（白石岘龙腿）停留，后移居梅里，故吼山有泰伯洞居，又有飞来椅、七云禅院、一壶泉、金牛舍、"七仙女嬉水"等遗迹。

汉元帝时，陕西道教茅氏三兄弟在吼山采制草药，为民治病，深受四乡人民崇敬。尔后当地在山上建了三茅真君殿，又相继修建了真武殿、灵霄殿、观音殿、地藏殿、关帝殿等。长期以来，每逢农历三月十八庙会，吼山十分热闹。

1990 年，当地新建和修复了一壶泉亭、舒怡亭、放生池、贤光阁等景点。1992 年，修复了七云禅院、圣安宫、真武殿等佛寺道观。公园前建山门牌坊，由无锡名家钱绍武书"吼山森林公园"匾额。

江苏省楹联研究会常务副会长魏艳鸣题吼山森林公园：

文萃松风，怡舒竹韵，尘客何妨思一吼；
晴云不散，古洞长存，山花犹自待群贤。

注：园有七云禅院、文萃亭、舒怡亭、泰伯洞居等。

安镇楹联

015

江苏省楹联研究会常务理事、徐州市楹联家协会副会长兼秘书长张亦伟题吼山森林公园：

七云院，真武殿，历史名山融佛道；
壶泉亭，圣安宫，千秋宝地蕴和谐。

鸭城桥

鸭城桥，明翰林院侍讲学士华察重建，为单孔石拱形桥。明万历《无锡县志》记："鸭城新桥，旧有渡，嘉庆中里人华启元募建石梁，学士华察修。"史志上记载的东向桥联：

碧水飞凫万古吴王圣迹；
清溪映月千年学士遗规。

上联说"鸭城桥"名称的由来。明末王永积《锡山景物略》卷七记载："城以鸭名，桥即以鸭城名。""夫差爱鸭，特筑城舍之。"下联说重修此桥的华太师，其风范千古流芳。

西向桥联：

虹架高临西去隆亭接涨；
风帆远送东来吼岭穿云。

上联说，高桥如虹，流水泱泱西去，与东亭之波相接；下联

锡山楹联

说风帆东来，其势仿佛如吼山岭上之云。"隆亭"，东亭的旧称。

石埭桥

　　石埭桥位于锡山区安镇吼山附近，横跨九里河上。修建于民国初，现早已被改造。原是一座单孔石拱桥，东西两侧桥柱上各有桥联一副，东侧为：

　　　　九里鸭头移摆去；
　　　　七云鱼尾送帆开。

　　"九里"，即指九里河。"九里鸭头"，谓可通向鸭城桥。"七云"，指吼山，因其又名七云山，山上有七云禅院。"鱼尾"，指禅院屋脊鱼尾饰物。

　　西侧桥联为：

　　　　甫登鹊背游梅里；
　　　　旋驾鼍梁赏吼峰。

　　"甫"，刚才，刚刚之意。"鹊背"，指桥面。"旋"，意谓随后。"鼍梁"，桥的代称。徐坚《初学记》引《竹书纪年》："周穆王三十七年，东至于九江，叱鼋鼍以为梁。"此联说石埭桥南通梅里，北接吼山。

七云禅寺

吼山公园牌坊东侧，山之南麓，建"七云禅寺"山门，有茗山法师题额。吼山之南半里许，为古九里河，寺前的烧香浜直通九里河。寺有天王殿、观音殿、地藏殿、大雄宝殿等。

七云禅寺始建于南北朝，屡经兴废，距今已有1500多年的历史。经1993年与2005年两次重修与扩建，如今该寺又重具规模，成为锡东吼山森林公园一大胜景。

拾级而上进山门，便是天王殿，正中供奉弥勒佛，佛龛上贴一联：

> 大肚包容，了却人间多少事；
> 满腔欢喜，笑开天下古今缘。

此联是由一副专写弥勒佛的楹联演化而来的。原联是"大肚能容，容天下难容之事；开口便笑，笑世间可笑之人。"新联也有新意，尤其是下联，更多良善的祈愿。

大雄宝殿也有数联。

> 今不异古，古不异今，天下同归，何思何虑；
> 佛即是心，心即是佛，空山无侣，独往独来。

上联"天下同归，何思何虑"，语出《易·系辞下》："天下何思何虑？天下同归而殊途。"意思是天下的人，到底所思所想些什么呢？虽然走着不同的路，但最终的归宿却是一致的。寓意天下的道理，本来是一致的，但人们却有种种的思虑。

下联也有所本，佛教禅宗经典《达摩血脉论》载："心即是佛，佛即是心；心外无佛，佛外无心。"意为众生的真心就是佛，无须向外觅求。

此联充分运用了规则重字的修辞手法，使联文更加生动活泼。

殿内侧柱还有一副佚名抱联：

法镜现慈云，观秋月春花，含将妙谛；
智灯悬宝座，听晨钟暮鼓，悟彻禅机。

"法镜"，佛教语，谓佛法如镜，能照彻万物。"慈云"，佛教语，指慈悲心怀如绵邈之云，广覆众生。"妙谛"，精妙之真谛。"智灯"，佛教语，谓照破迷暗的智慧之光。"禅机"，佛教禅宗和尚谈禅说法时，用含有机锋的言辞、动作或事物来暗示教义，使人得以触机领悟，故名。

上联大意是，佛法如明镜，怀悲悯，观照一切，揭示真谛。下联大意是，在佛法的智慧之光照耀下，听钟鼓梵呗，使人顿悟禅机。

大雄宝殿外左侧为观音殿，门口檐廊有一副佚名抱联：

即色即空，现美人身而说法；
大悲大愿，指恒河沙以为期。

此联围绕观世音菩萨而写。观世音是"鸠摩罗什"的旧译，玄奘新译为观自在，现通常略称为观音。观世音菩萨是佛教中慈悲和智慧的象征。观世音在随类应化上是可以有男相和女相的。唐代以前的观音，以大丈夫相居多，《华严经》也说："勇猛丈夫观自在。"后来，特别是妙善公主的传说流行以来，汉地的观音形象越来越趋向女性化，民间流传的三十三观音像，基本都是女身。一些学者，则直称观音为东方的女神。因此，上联说道："现美人身而说法。""即色即空"，出自玄奘所译《心经》："色即是空，空即是色。""色"不是美色，佛教中对于有形质的能感触到的东西统称为"色"，对精神领域的东西称为"心"。"色即是空"即"物质"是虚空的，体现了佛教的唯心主义观点。"恒河沙"，佛教用语。佛教经典中常用其来比喻数量极多，不可计量，象征人力的不可穷尽。用在此联中，指发"大悲大愿"，永无休止之时。

以上抱联皆为信士们于 2012 年新制捐赠。

七云禅院

七云禅院原名七云道院，俗称三茅殿，坐落于吼山之巅，因吼山曾名七云山而得名。院内主殿中供人们祭祀的，为汉景帝时修道成仙的茅山道士三兄弟，被尊称为三茅老爷。院中原由真武殿、祖师殿、雷尊殿、三官殿及灵官殿组成，建有 50 多间房，大小神爷 300 多尊。1937 年日寇侵占查桥，中国军人在此依山英勇抗击，全连官兵为国捐躯，此院被焚毁。1941 年重建后又毁。1993 年，附近民众随缘乐助，在查桥镇政府支持下，重建该院，1995年主殿落成，重塑三茅老爷供百姓祭祀，并改名为七云禅院。

三茅老爷分别为茅盈、茅固、茅衷三兄弟，西汉时咸阳人。传说大茅君茅盈曾面见西王母，受太极玄真之经，学成得道。后来，中茅君茅固、三茅君茅衷两兄弟均弃官还家，随其兄学延年不死之法，三年后亦飞升成仙。茅氏三真得道后，来句容之句曲山（今江苏句容之茅山），掌管此山，故句曲山后名茅山。

头门圣安宫曾有抱联两副，其一为：

汉室茅君，悟道修真于句曲；

九天司命，分身应化于堠峰。

"九天司命"，即"九天司命太乙元皇"，是由玉皇大帝封的灶神，民间俗称灶王爷，掌管一切人间烟火，这里代指茅氏三真。"应化"，指神祇随宜化身，教化众生。"堠峰"，据《泰伯梅里志》载：堠山，一名七云山，亦名缑山。即吼山的古称。

另一联为：

十万朝山是非别，忤逆子孙休见我；

一半进香也有功，孝顺儿女皆为你。

此联原在老殿三茅真君座前。联文通俗易懂，近于白话，对仗工稳，而且以三茅真君口吻道出，别有风味。

圣安宫院墙三拱圈门有一联为：

巧达灵玄，法通神，神通法，玄灵达巧；

人至圣安，宫访道，道访宫，安圣至人。

这是一副回文联，顺读、倒读，文字无异，而且联意与此处"圣安宫"切合，是一副趣味性、技巧性很强的不可多得的佳联。"灵玄"，道教名词，指有关仙道的玄理。南朝梁何逊《七召·神仙》："飞腾水陆，咀嚼灵玄。""玄灵"，即指神灵。班固《封燕然山铭》："将上以摅高、文之宿愤，光祖宗之玄灵。"吕向注："玄，神也。""圣安"，即指此地"圣安宫"。"安圣"，《骈字类编》等类书中，多有"安圣""捧宸"连用之例，故"安圣"有护卫圣上之意。

入宫门，见一小屋，悬匾"正气昭彰"。门口悬一副当地人"金牛山人王剑"草书写就的板联：

明纪纲修身立命；

严法度驱邪安邦。

五间重檐的真武殿门口檐廊之檐柱上，有三副贴联，正中一副为：

茅塞顿开，袖里乾坤真福地；

心花绽放，壶中日月假周天。

此联从旧联"袖里乾坤大，壶中日月长"演化而来。"袖里乾坤"原谓袖中藏天地，比喻变化无穷的幻术。"周天"，是气功修炼中常见的说法，所谓"周天者，圆也，气路之行径也"。联中明言"心花绽放"盖由"壶中日月"（饮酒）而来，并非任督二脉之打通、循环，故只能称为"假周天"。

胶山古寺

胶山寺位于锡山区安镇胶山西北坡，相传原为梁萧侍郎宅，南北朝梁太清初年（547 年）始建寺，初名"弥勒寺"。古寺倚势而建，背靠胶山，东西两峰环抱，呈"太师椅"状，原为无锡佛教十大丛林之一。宋建炎年间被名相李纲"请为坟刹"以祀奉先祖，改额"崇亲报德禅院"，时寺中有窦乳泉、香花桥、萧卿墓、碎石坞、砺剑石及后人重建唐代旧筑"湛然堂"。明桂坡公安国在寺左重整李忠定公祠，并复浚窦乳泉，茸其亭，额"蒙斋"。明洪武元年（1368 年）重建，明太祖朱元璋赐名"胶山寺"。嘉靖十三年（1534 年），建梵王宫，塑金像。嘉靖二十九年（1550 年），又构轩堂楼阁于寺左，分别题额为"翠屏""环翠""分翠""听松"。后又有僧静安迁造大佛殿、十笏堂、金刚殿。此时胶山寺已十分壮观。

20 世纪 90 年代，寺宇又修葺一新，殿宇巍峨，气势雄伟庄严。寺东西山麓环植翠竹千竿，寺前有山门，内为大院，两旁配殿。大殿居中，五楹歇山顶，中悬茗山大师书写的"西方三圣殿"大匾，塑释迦牟尼、弥陀、药师佛。西侧有窦乳泉、李纲祠、关帝殿。

进东侧大院，檐廊两侧丹漆柱子上悬联一副：

极乐世界，眼前就是，须大家领会；

菩萨道场，心里本有，要时间圆通。

"极乐世界"，梵文意译。又称西方净土、西天、安乐国等，为阿弥陀佛之救度者往生地，往生于该佛土者身受诸种快乐。"菩萨"是"菩提萨埵"的简称，梵文音译，意谓修持大乘六度，求无上菩提（觉悟），利益众生，于未来成就佛果的修行者。佛典上经常提及的菩萨有弥勒、文殊、普贤、地藏、观世音、大势至等。"道场"，梵文意译，据《大唐西域记》卷八，释迦成道之所为道场，后衍生出修行学道之处等多个含义。本联意在表达佛法处处都在，佛性人人皆有，从眼前着眼，从心底发心，都可以成就善果。

殿内庭柱悬一副由茗山法师于 1995 年所书联：

愿将东土三千界；

尽种西方九品莲。

"三千界"，是"三千大千世界"的略称。《大智度论》中说："百亿须弥山，百亿日月，名为三千大千世界。"（因有"小千""中千""大千"分等，故称"三千"）佛教中用之指称极大的世界。"九品莲"，谓往生西方极乐世界者所乘坐之莲台。念佛人的智慧功德，有深浅的不同，可以分为上、中、下三辈，每一辈又可分为三品，计九品，故曰"九品莲花"。通俗来讲，就是每个人在世间修行的时候都有一朵属于自己的莲花。

本联劝喻普天之下的人们，要像出淤泥而不染的莲花一样，努力修行（种莲），把最珍贵的本性体现出来，最终得到好的果报，这正是佛教倡导的，也是历来为人们所普遍认同的。

本联对仗工整，上联的"愿将"，下联的"尽种"，使全联成为一副流水对，更显流畅而不板正。

另悬抱联亦由茗山法师撰书：

古寺重新，办念佛道场；

法轮再转，祝国泰民安。

"法轮"，梵文意译，对佛法的喻称。"轮"有二义，一为运转，一为摧碾，佛运转心中清净妙法以度人，且摧毁世俗一切邪惑之见。

关帝殿

胶山关帝殿在胶山寺西，祀关公、陈杲仁、张巡。

陈杲仁（549年—620年），字世威，本豫州颍州人，后迁晋陵（今常州）。素怀大志，有"大丈夫……亦当自致青云"之语。十八岁得功名，陈文帝曾当面称赏他："朕与卿俱太丘之后，家风不坠，复见于兹。"仕陈朝二十余年。

入隋后，一度避居乡里。隋末，朝廷特诏讨贼。大业五年（609年），平定长白山洞寇；大业九年（613年），诏平乐伯通。大业十三年（617年），东阳寇贼楼世干攻占吴兴郡，陈杲仁与沈法兴一起随太仆丞元祐征讨。不久与沈法兴合谋，擒住元祐，拥兵自立。"三月发东阳，行收兵，趋江都，下余杭，比至乌程，众六万。……据有江表十余郡。……陈杲仁为司徒。"

唐武德三年（620年）五月，陈杲仁被沈法兴设计毒杀，时年72岁。《三教源流搜神大全》："一日黑云蔽空，风雨晦冥，忽见形威，发一神矢，射毙法兴，寇众四清。"唐初，已立祠祀陈杲仁。宋宣和年间赐庙额"福顺武烈显灵昭德大帝"。因其除暴安良，替天行道，驱邪扶正，为民除害，江南多建有武烈大帝庙，或称陈司徒庙，庙中供一尊紫黑脸膛的神像，相传是因其中毒之故而然。

殿中，悬有佚名抱联一副：

荡寇除氛，江淮一靖；

洗心割股，忠孝二全。

上联褒扬陈杲仁武功战绩，"一靖"是全部安宁的意思。下联赞美其高尚品行。唐初晋陵耆老向朝廷称颂陈杲仁有"忠孝文武信义谋辨""八绝"，本联特举"忠孝"为例。《全唐文》卷九一五所录僧德宣《隋司徒陈公舍宅造寺碑》有"公（陈杲仁）奉诏推鞫，绳（蝇）黠显然而知，鉴逾明镜，直若朱弦""片言折中，誉出乡间，公之忠也"等记述，坐实联中"忠"字。至于"孝"，则有"割股"的故事为证。僧德宣的碑记中，这样记载："公事后亲，亲病须肉，时属禁屠，肉不可致，公乃割股以充羹。"为了给亲人（用肉）治病，在买不到肉的情况下，竟然割下自己大腿上的肉，真可谓孝感天地了！联中"洗心"一词，出于《易·系辞上》："圣人以此洗心。"比喻除去恶念或杂念，这里用来与"忠"相呼应。此恐为旧联，可惜不知撰者。

李忠定公祠

李忠定公祠旧在胶山北麓，原为梁天监六年（507 年）所建之佛寺——胶山寺，太清年间更名胶山弥勒寺。唐代佛教天台宗第九祖高僧湛然曾至此说法讲经，复改名湛然堂。北宋至道年间，改称胶山兴化寺。南宋建炎中，无锡人抗金名相李纲请奉祀先祖，改额"崇亲报德禅院"。明正德年间（1513 年前后）桂坡公安国在寺左重整李忠定公祠，割田岁供春秋二祭，并复浚窦乳泉，葺其亭，额"蒙斋"，泉左有湛然讲堂，堂前有万玉亭，皆有诗铭碑刻，二泉邵文庄公（宝）也为李纲祠写了碑记，后毁于兵燹。其后李公祠几经易址，此不赘。乾隆二年（1737 年），时人奉帑修葺其胶山祠。

李纲（1083 年—1140 年），字伯纪，号梁溪居士，祖籍邵武（今属福建），自祖父一辈起迁居无锡。李纲为北宋末、南宋初抗金名臣，宋徽宗政和二年（1112 年）进士，历官至太常少卿。宋钦宗时，授兵部侍郎、尚书右丞。靖康元年（1126 年）金兵侵汴京时，任京城四壁守御使，团结军民，击退金兵，但不久即被投降派排斥。宋高宗即位初，李纲一度被起用为相，曾力图革新内政，但仅七十五天即遭罢免。绍兴二年（1132 年），复被起用为湖南宣抚使兼知潭州，不久，又遭罢。多次上疏，陈抗金大计，均未被采纳。绍兴十年（1140 年）正月卒，卒赠少师，谥忠定。惠山李忠定公祠曾有旧联十副。清梁章钜在《楹联丛话全编》卷四中介绍了两副：

其一，由清杭州费文恪（曾任兵部尚书）撰写：

　　　望重三朝持亮节；
　　　书陈十事秉丹心。

　　"望重"，指名望、声望端重。"三朝"，指李纲历仕宋徽宗、钦宗、高宗三朝，为三朝元老。"书陈十事"，指李纲上疏抗金十策，陈说抗金大计，主张北伐，反对迁都等。该联言简意赅，高度概括了李纲彪炳史册的历史功绩，褒扬他千古流芳的高风亮节。

　　其二，由清李曜撰写：

　　　文克经邦，武克定乱，勋名过开元宰相；
　　　忠以辅主，哲以保身，理学推大宋名儒。

　　"克"，能够，胜任。"经邦"，治理国家。"开元"，创业，开始。班固《东都赋》："夫大汉之开元也，奋布衣以登皇位。"上联赞李纲文能经邦治国，武可打仗平乱，功勋名望胜过开国宰相。下联喻李纲以忠心辅佐君主，以睿智修身养性，理学造诣堪称宋朝名儒。所谓"理学"，指两宋时期产生的重要哲学流派，又称道学。李纲有《梁溪全集》一百八十卷，刊行于世，集中多有"理本论"说、"儒表佛里"说，联中推为名儒，并非虚誉。

　　另外八联见《无锡指南》1927年第十版《楹联》：

　　清过隽有联：

十事陈书，一代勋名高宋室；

两楹崇祀，千秋学业埒杨时。

"两楹"，房屋正厅中的两根柱子。两楹之间是房屋正中所在，为举行重大仪式的地方，这里指祭奠之所。"埒"，相当于，比得上。"杨时"，字中立，世称龟山先生，福建将乐人，北宋著名学者，官至龙图阁直学士，先后从学于宋代理学奠基者程颢、程颐兄弟，将"二程"洛学传播至东南等广大地区。在无锡讲学十七年之久，始创"东林书院"。

本联先述其生前事业，再评其身后影响。

清李正光有联：

此间犹南渡江山，中原回首饮余恨；

至今食旧德名氏，崇祠展拜仰前型。

"南渡"，此指北宋亡，宋高宗渡江建都临安（今杭州），偏安江左。"食旧德"，即"食德"，享受先人的德泽。"前型"，即前贤，此指李纲。

清李廷荣有联：

资财不惜，劳瘁不辞，此志笃诚深可敬；

荐以粢盛，陈以鼎俎，斯楼享祀实无惭。

"粢盛"，盛在祭器内以供祭祀的谷物。《孟子·滕文公下》："粢盛不洁，衣服不备，不敢以祭。""鼎俎"，鼎和俎，这里指祭祀时盛放祭品的礼器。"荐"和"陈",都是祭献的意思。"无渐"当是"无惭"之误文。此联"资财不惜,劳瘁不辞"与"荐以粢盛,陈以鼎俎"是当句对,重字"不"与"以"未在相同位置上,又有交股对的趣味。

清无锡著名文士杨殿奎有联:

> 宋室佐南部,钟鼎铭勋,纬地经天将相略;
> 孔门列西庑,经纶褒德,齐家治国圣贤心。

上联言李纲辅佐南宋朝廷,史册永载他治国理政的文韬武略。"钟鼎",青铜器钟和鼎,上面多铭刻记事表功的文字。"铭勋",铭记功勋。下联言李纲有"修身齐家治国平天下"(源出《礼记·大学》)的儒家圣贤心,其治理国家大事、并臻于天下太平的政治理想和才干,殊堪褒扬,配祀于孔庙而无愧。"西庑",大殿东西两侧的房子叫"东庑""西庑",孔庙大成殿的两庑都是后世供奉先贤先儒的地方。"经纶",原义是整理丝缕,引申为处理国家大事。"齐家",齐,整治。"家"指卿大夫的封邑。

清附贡生、选训导、书法教授陆士霖有联:

> 陈书先十事,庐墓各三年,忠孝大名垂宇宙;
> 崇祀配皇家,报功隆圣庑,雄扬厚泽沐朝廷。

宋宣和三年(1121年)闰五月,李纲父亲病故,葬无锡惠山北麓,李纲在墓庐守孝三年,并栽种大量松柏,后人将此地称为"大松坡"。古人在父母亲去世后,在墓旁搭建小屋居住,守护坟

墓，谓之"庐墓"。下联言为旌表李纲这位中兴功臣，朝廷将其配
祀于"圣庑"（参见前联"西庑"）。本联对仗采用"自对"（也称
"当句对"）形式，即半副联中前后分句分别对仗，上下联不必对
仗的形式。此联中之上联"庐墓各三年"与"陈书先十事"、下联
"报功隆圣庑"与"崇祀配皇家"分别对仗。

清张祖翼（1849年—1917年）有联：

　　下笔数千言，北阙前奏对精详，惜未策皆见用；
　　为相七五日，南渡后规模宏远，知其功在中兴。

"北阙"，古代宫殿北面的门楼，为臣子等候朝见或上书之处，
亦用作朝廷的别称。"奏对精详"，是赞誉李纲上奏朝廷的抗金十
策，方略精深，对策翔实。"见用"，被采用。"为相七五日"，据
《李纲行状》记载，李纲自建炎元年六月初二就任右相，至八月十
七日被罢黜，期间仅历七十五天。

李纲后裔李志道撰联：

　　孝为生者存，烈为死者亡，祀典荣邀，庙食陇西馨百世；
　　清如井之泉，贞如山之石，旌坊卓立，名镌惠麓峙千秋。

上联当是概述李纲世祖（李姓）在历史上的荣耀。"孝为生者
存"，演绎了《论语·为政》"今之孝者，是谓能养"之意。"烈为
死者亡"，反"晏子不死君难"其意而用之。注者才疏，难以故实
详解之。"庙食"，旧谓死后受人奉祀，在庙中享受祭飨。"陇西"，
指李姓源自陇西郡，即现甘肃。下联称颂李纲名节彪炳千秋。"旌

坊"，古时对忠孝节义之人，用旌旗牌坊进行表彰。"惠籙"当是"惠麓"之误。惠麓，惠山之下。李纲祖籍邵武，生于无锡，素以无锡人自称，自号梁溪居士。

还有佚名联一副：

　　进退一身关社稷；
　　英灵千古镇湖山。

上联由文天祥诗句"而今庙社存亡决，只看元戎进退间"化合而成。此联一般认为是林则徐题李纲祠联，"社稷"又作"庙社"。

现祠堂正门又添一副抱联：

　　至策大猷垂法戒于万世；
　　孤忠伟节奠宗社于三朝。

羊尖楹联

　　羊尖，东邻常熟，南连苏州，是无锡的东大门。境内有多条公路干线通往沪、宁、杭等地区，极具交通地理优势。物产丰饶，拥有耕地30700多亩，素有"无锡粮仓"之称。人文荟萃，文脉绵长，是江苏最大的地方剧种之一——锡剧的诞生地。这里，是近代民族工商业巨子——唐氏家族的发祥地。境内有载入《中国名胜大词典》、江苏省仅存的明代石塔——宛山石塔，有历史悠久、名冠江南的古刹天台寺、云庆寺，有记录唐氏工商业发展历程的江苏省华侨文化交流基地、江苏省港澳台文化交流基地——唐苑等胜迹。

　　羊尖镇历史源远流长、文化韵味独特，既保留着承载历史记忆的建筑，也留下了很多脍炙人口的楹联佳作，供后人品味鉴赏。

严家桥古镇

严家桥古镇位于锡山区羊尖镇之北部，地处锡、澄、虞交界处，是二十世纪二三十年代无锡著名的米码头、布码头、书码头和医药码头，是锡剧的发源地，是无锡望族唐氏家族的发祥地，也是明代著名文学家唐顺之后裔的居住地。严家桥古镇距今已有700多年历史，记录着江南水乡文化发展的点点滴滴。2009年，严家桥古镇被江苏省政府评为第四批省级历史文化名村。

江苏省楹联研究会会长周游先生，以饱含深情之笔，题家乡古镇联：

> 巷延文脉千年韵；
> 鱼读月盘十里河。

严家桥是有着深厚文化底蕴的古镇，纵横而又绵延的"巷"是其特点，以"巷"为载体，传承着文化之魂。"延"字下得极为精当，于巷为写实，于文脉、于情韵为写意。上联之旨在于赞美其文化内涵深永。严家桥又是一处美丽的江南水乡。下联写清澈的河水流淌，皓月当空，静影沉璧，游鱼来往，唼喋有声。下联之旨在于咏叹其景色清幽。

古镇现有遗存胜迹以唐氏家族建造或捐赠的居多，故关于严家桥的介绍以唐氏家族为主展开。

作为我国近代民族工商业先驱者、无锡民族工商业四大家族之一的唐氏家族先祖发祥的风水宝地，严家桥至今保留着唐氏家族的"旧影"，像唐氏仓厅、唐家码头旧址；唐氏建造的永兴桥、梓良桥旧址；唐氏当年创办的春源布庄遗址、翼农蚕种制造场旧址和利农砖瓦厂等历史遗迹。如今，伴随着新农村建设的春风，古镇已依照旧有格局恢复了百米长廊和唐家码头，唐氏"同济典当"也完成修复。因此，唐氏家族也称得上严家桥扬名海外的又一张"名片"，以唐英年为代表的唐氏家族成员至今仍惦念着家乡的发展。

唐氏祖籍常州武进，明末清初因避兵祸，第十一世中的一支迁来无锡定居，称"无锡东门支"，到唐懋勋（1800 年—1873 年）一代，已是第十六世。

清咸丰十年（1860 年），为避战乱，唐懋勋移居严家桥，成为严家桥唐氏始祖。他的两个儿子洪培、福培也一同来到严家桥随父经商，唐家从此在这里生根发展、兴旺发达。

第十七世唐洪培，字子良，又字梓良。生有浩镇、滋镇等六子。"镇"字辈都在严家桥出生成长。

第十八世唐滋镇（1866 年—1937 年），字保谦。早年曾协理其父的春源布庄，后与人合作经营永源生米行，开办九丰面粉厂。1919 年在周山浜独资创设锦丰丝厂并任经理，拥有坐缫车 480 台。同年底在严家桥投资 30 万元创设无锡首家机制砖瓦厂——利农砖瓦厂，日产红砖 3 万余块。1920 年 4 月，在周山浜创办庆丰纺织厂，至抗战前发展成拥有纱锭 6.47 万枚、线锭 1024 枚、织机 725 台、发电装机容量达 6600 千瓦的规模，成为无锡七大纺织企业之一。

第十九世共有 35 人，为"国"字辈。代表人物有唐增源。唐增源（1901年—1992年），名君远（唐增源为学名，谱名查而无着，按族谱应是"国"字辈。族中同辈弟兄谱名大多带"国"字，且学名多带"源"字，如唐毓源，谱名安国；唐恩源，谱名柱国），生于严家桥，纺织印染实业家，晚年热心赞助教育事业，曾在上海、无锡等地学校设立了"唐君远奖学金"。

第二十世共有60多人，为"千"字辈。由于历史原因，"千"字辈及其子嗣大多定居在海外，他们中的许多人或资本雄厚，或政坛驰誉，较之乃祖，青出于蓝而胜于蓝。其中如唐翔千（1923年—2018年），是中国香港知名实业家，曾任全国政协常委。

第二十一世为"英"字辈，1952年出生于香港的唐英年无疑是唐家的杰出代表，曾任香港政务司司长、全国政协常委。

唐氏家族久盛不衰，主要是由于唐氏家教遗风代代相传："对国忠，持家俭，立心诚，处事敬，助人乐，修业勤，奉告孝，启后慈，择交严，御下恕。"

唐氏家族的行辈，自第十六世唐懋勋起，谱名次序，大体根据的是清末状元、苏州人陆润庠特为唐氏祠堂所题的一副对联，偶见不同：

> 勋培镇国千年盛；
> 积德传家百世昌。

该联也称为"字辈联"，这种字辈联是我国姓氏文化的重要内容之一，也是我国排名论辈的主要方式之一。

严家桥

严家桥位于严家桥镇，横跨于严羊河上，镇以桥名。元末明初，由居住河边的严姓大户独资所建。清康熙年间，附近程姓发迹后，把木桥改建成石拱桥。民国八年（1919 年）重建，桥长 7 米，宽 1.5 米，东西两头各有 13 级台阶，两边设粗木栏杆，南北桥柱上各镌刻桥联。1972 年重建成钢筋混凝土结构拱形桥，原桥联被拆毁散失。后由树勋、德福在河滩石级及桥身中找到其中一副佚名桥联：

地脉溯澄江，万派源来由蠡渎；
水流通沪渎，一帆风送过鹅湖。

上联说此处地接江阴（澄江），北来的几条溪河汇集到此，下联说船由这里经过鹅湖，可以通往上海（沪渎）。

"地脉"，此指地势。严家桥的海拔高度较蠡渎、江阴低，故称"地脉溯澄江"。"蠡渎"，今属东港镇，为千年古镇，据传为范蠡封地，位于严家桥北八里地，永兴河在蠡渎接锡北运河。"水流"，严家桥地势高，水一般是流向偏东南，由关桥入鹅湖。通往苏州、上海。此联精准表述了严家桥的地理位置和水流方向。

梓良桥

梓良桥位于严家桥镇唐氏仓厅南面，横跨在永兴河上，清光绪三十年（1904 年），由唐氏家族出资建造。永兴河上，唐家还建有万善桥（又称双板桥）、永兴桥等。民国二十三年（1934 年）唐家还曾出资疏浚永兴河。桥名"梓良桥"，除纪念唐梓良外，更含有对先祖的思念和对乡梓的眷顾。2006 年 6 月，该桥及万善桥被列为无锡市文物保护单位。沿岸还有唐氏仓厅、唐氏宅院、唐家码头、百米长廊及春源布庄旧址和布庄场等建筑群。

当年镌刻在梓良桥桥柱上的两副黄石桥联，现今还清晰可见，桥南一联为：

> 故里近依瞻亲舍；
> 新梁普渡化慈航。

修桥铺路，向来是善事，下联因此以佛教语褒扬之。桥，古时称"梁"。

桥北一联为：

> 北接梁溪怀祖泽；
> 南通虞麓谒先型。

"虞麓"，指常熟虞山，因泰伯弟虞仲葬于此山而得名。"先型"，肇创的楷模。

严家桥牌楼

离严家桥村口约二里地的十字路口，于 2007 年竖起一座两层三顶四柱石牌楼，额名"严家桥"，正反石柱上各镌有两副石刻新撰楹联，正面正中为：

严氏创鸿基，辟幽来望族，追本溯源，总是千门万户五家后；

唐公兴大业，乡曲为通衢，说今谈古，最宜三地一村四码头。

该联点出了严氏创基、唐公兴业及严家桥之历史。"辟幽""乡曲"都有偏僻村野的意思。上联第四分句"总是千门万户五家后"，是指严家桥原有严、顾、汤、周、程五家，而今之人丁均为此五姓之后（当然是指土著，而非外来户）。下联末句"最宜三地一村四码头"之"三地"是指锡、澄、虞，"一村"是指交界处的严家桥村，"四码头"指严家桥在二十世纪二三十年代是无锡著名的米码头、布码头、书码头和医药码头。该联作者署名浦之棣，为碧山吟社社长袁宗翰先生笔名。该联由国内著名书法家言恭达先生书写。

两侧为：

大地尽芳菲，若来游目骋怀，自难忘暧暧溪云，旖旎烟景；

小村饶盛誉，且看板桥田舍，更须听婉转评弹，跌宕滩簧。

此联发表于《中国楹联报》之"联坛点将录"时，上下联第三、四分句已改为"暧暧溪云，迷离烟景"和"悠扬弹唱，跌宕滩簧"。"滩簧"，即锡剧，发源于此。该联撰者署名任子涵，实亦为袁宗翰先生笔名（袁宗翰先生母亲姓任）。该联由无锡市书法家协会原主席刘铁平先生书写。

牌楼背面：

沃野平川连澄虞，且闻鸡鸣三县声；
吴风秀色绕村舍，但见文传千秋情。

该联由沈冲先生撰联。此联立意颇佳，充分描述了严家桥的特殊地理位置及美丽秀色。但有上、下联都收于平声等不合联律处。

百米长廊

百米长廊位于严家桥永兴河西侧沿河，南连梓良桥，北接万善桥，中间还连接着严家桥、永兴桥，长约百米，故称百米长廊。廊盖黛瓦，南首建有四柱尖顶翘角一亭，南柱正面悬有抱联一副：

泛舟清溇，弄月啸风，仿佛闻龙吟凤哕；

漫步长廊，寻根问祖，依稀是炎汉盛唐。

此联由慕尧先生所撰。严家桥之严氏，据考为汉代严子陵之后裔；又，唐氏于清咸丰十年始迁于此，故联中"炎汉""盛唐"，实指严、唐两姓也。该联由时任无锡市书法家协会主席王建源先生书写。

景溪亭

景溪亭位于百米长廊南对岸，梓良桥东北塊。2006年，严家桥乡民为纪念唐懋勋到严家桥创业146周年建此亭，特请唐懋勋第四代孙唐宏源题写亭名。亭两层尖顶翘角、六柱六角，四面环水，前后小曲石桥相通。唐懋勋号景溪，故此亭名"景溪亭"。南头小石桥侧由羊尖镇人民政府于2007年立一石碑，由袁宗翰先生撰文纪念。亭柱南北各悬一副抱联，南向抱联为：

思还故国，水云知寓意；

恭敬梓桑，仁厚见宅心。

"恭敬梓桑"典出《诗经·小雅·小弁》"维桑与梓，必恭敬止"，意谓恭敬故乡父老。"宅心"是用心、放在心上的意思。此联由书法大家尉天池先生挥毫写就。

北向也有抱联一副：

任赏心悦目，有亭堪憩；
纵水曲巷深，无路不通。

此联写景抒情，既通俗易懂，又构思巧妙。此联署名惠懿夫，亦是袁宗翰先生笔名。该联由无锡张惟威先生书写。

唐氏花厅（严家桥文化教育中心）

羊尖楠木厅原在无锡市复兴路 84 号，是唐氏家族故居中的一部分，建于民国初年，俗称唐氏花厅。建筑风格典雅庄重，厅堂布局轩敞气派，且全用名贵楠木构建，可见当年唐氏家族鼎盛之貌。1994 年，因无锡城市改造，唐氏故居需要拆除。羊尖乡人民政府为保留唐氏文物，不惜花重金把"花厅"按原样移建到羊尖镇近天台寺西北旁。

楠木厅东隔壁有一豪宅，四间两层，土木结构，飞檐翘角，檐廊东庑有一民国时期旧白漆对门，上有阴镌四言佚名旧门联：

为善最乐；
读书便佳。

显然，这是由旧联"几百年人家，无非积善；第一等事业，还是读书"变化而来。

唐保谦与黄埠墩

严家桥唐氏是行善积德之家，除在本乡造桥铺路之外，还有其他善举，唐保谦60岁时修复黄埠墩旧观便是一例。

北塘吴桥向东不足百米之处，宽阔的河中有一处绿洲，垂柳映粉墙，高阁锁烟雨，这就是京杭大运河无锡段中的运河明珠——黄埠墩。

黄埠墩，四面环水，又名小金山，墩小而圆，约625平方米，四周以石驳岸，立于惠山寺塘泾（烧香浜）的出口处。相传春秋时，吴王夫差曾疏浚芙蓉湖，通水道，北上伐齐，楼船曾停泊于此。战国时楚国春申君黄歇封于江东，《越绝书》中载有"春申君时，盛祠以牛，立无锡塘"。黄歇驻军古华山（惠山），扎营墩上，后人从此把该墩称呼为"黄埠墩"。

历史上黄埠墩多经劫难。1920年不慎失火，黄埠墩毁于一旦。直至1926年，时值唐保谦花甲寿辰，乃斥资修复，以志纪念。重建后的黄埠墩"小窗四辟，仍如旧观，唯瓦则黄色"。登台徘徊，东有杨天骥（时任无锡县县长）书额"环翠楼"，北有黎宋卿所书联、额，额曰"令德寿恺"，联曰：

> 高风芝采东园皓；
> 长日梅开南岭红。

上联称颂主人高风亮节。"芝采东园皓"典出《史记·留侯世家》。秦末有"四皓"：东园公、角里先生、绮里季、夏黄公，见秦政苛虐，乃隐于商洛，曾作《采芝操》歌："莫莫高山，深谷逶迤。晔晔紫芝，可以疗饥。"后因以"采芝"指隐逸。下联祝福主人健康长寿。"南岭"犹言南山，并非地理学上的南岭。

其时，无锡著名文人谷僧也题联以庆：

> 崇楼叠阁，杰构重新，宛在水中央，看一片秋光，能招来惠麓烟霞，梁溪风月；
>
> 画栋珠帘，游踅戾止，应作濠上想，即万间宏愿，尽堪与羡门比寿，王乔争年。

上联言修葺一新的黄埠墩钟灵毓秀。"杰构"，指高大的建筑。下联言游客到此，能自得其乐，延年益寿。"游踅（tā）戾（lì）止"，泛指客人到来。"游踅"，指游踪。"戾止"，意谓到来。"濠上"，是"濠梁之上"的略称，典出《庄子·秋水》，庄子曾在此羡游鱼之乐。"羡门"，传说中的神仙。《史记·封禅书》："于是始皇遂东游海上，……求仙人羡门之属。""王乔"，传说中的仙人。唐末杜光庭《王氏神仙传》云："王乔有三人：有王子晋王乔，有叶县令王乔，有食肉芝王乔，皆神仙，同姓名。"

联中"宛在水中央"与"应作濠上想"后三字看似不对偶，实际上运用了巧妙的字面对。"水"对"濠"，"中"对"上"，"央"（借"央求"之意）对"想"，浑然天成。

唐氏与唐张贞节祠

唐张贞节祠，祀唐、张两姓贞女节妇，位于惠山尊贤祠左。旧址原为清孝女唐素故居，后即宅建祠。唐素号素霞，无锡人，明末清初女画家。工花草，钩染得北宋法。尝写《百花图卷》，当时名人题咏，不下百家。早岁失恃，守真未嫁，鬻画以养父，时称孝女。

据 1921 年《无锡大观》"名胜号"及 1927 年《无锡指南》记载，祠中共有楹联五副，其中两副分别由唐济镇、唐浩镇弟兄撰。

唐济镇（1869 年—1903 年），字若川，严家桥望族唐氏第十八世后裔，唐懋勋之孙，唐洪培（子良）之子。清光绪甲午（1894 年）举人。其为唐张贞节祠题联为：

坚贞久央冰霜操；
名节双高日月心。

"冰霜操"，比喻坚贞清白的操守。"名节"，名誉与节操。《汉书·龚胜传》："二人相友，并著名节。"

唐浩镇（1864 年—1921 年），字郼郑，是唐济镇长兄。其为唐张贞节祠题联为：

隐德非当世所及知，侍亲偕老，矢志靡他，仁孝媲男儿，岂仅一卷丹青，借供菽水；

贻谋即后人莫为嗣，历劫重新，改传勿替，声名垂宇宙，自克千秋俎豆，并峙龙峰。

上联称述唐素是个孝女，一心一意靠卖画供养父亲。"隐德"，施德于人而不事张扬。"矢志靡他"，"矢志"意即"发誓"；"靡他"，无他，没有其他想法。矢志靡他，在此意谓立志不嫁。"媲"，匹敌。"丹青"，丹和青是绘画中常用之色，此指绘画。"菽水"，豆与水。《礼记·檀弓》："孔子曰：'啜菽饮水，尽其欢，斯之谓孝。'"后以"菽水"指晚辈对长辈的供养。

下联赞颂唐素虽然没有子嗣，但是其美名将永留世间，如同高耸的惠山，受人尊崇。"贻谋"，指父祖对子孙的训诲，语出《诗经·文王有声》："诒厥孙谋，以燕翼子。""嗣"，子孙。"克"，能够。"俎豆"，古代祭祀用的礼器，引申为祭祀和崇奉之意。"龙峰"，指惠山。

汪仁寿

汪仁寿（1875 年—1936 年），字尔康，号静山，小名周生。清咸丰年间，为避战乱，其父迁徙至无锡严家桥定居。20 世纪初，汪仁寿潜心于历代碑帖的搜罗和研究，并在上海求古斋、晚霞书屋等书坊为众多出版的古籍碑帖署跋甄评。其书法自成一格，蜚声沪宁杭，并远播京津乃至日本、东南亚。永兴河市河段上"永兴桥"三字即汪仁寿当年手笔。

汪仁寿当年曾为李凤鸣宅撰中堂联一副：

　　　　屋后远山，门前流水；

　　　　农夫赐酒，童子贡鱼。

　　这是一副分句自对联。上联写景，下联记事。记事之句，源于陆游《村饮》诗句："邻翁劝黍酒，稚子供鱼飧。"

天台寺

　　天台寺坐落在羊尖镇东侧，始建于南北朝梁武帝时，至今已有 1500 年左右历史。至北宋徽宗政和年间（1114 年前后）重建。因高僧利渊于寺内讲释天台教义，故名天台寺。相传初建时规模甚大，建筑十分壮观。前门在今香花桥，后门在今丽安村黄石坡桥。鼎盛时有僧徒千余名，庙田千余亩。历史上屡毁屡建，规模渐小，乾隆年间由席姓里人重修。中华人民共和国成立后，寺僧解散还俗，1958 年庙宇被拆。1995 年 8 月，经无锡县人民政府批准重建，1997 年 4 月 8 日落成，成为羊尖地区佛教活动点。

　　现寺为三拱圈庙门，横额"天台寺"鎏金。门圈两侧有一联，阴文镌刻，蓝色字迹，由顾霄清以隶书写就：

　　　　做个好人，心正身安魂梦稳；

　　　　行些善事，天知地鉴鬼神钦。

　　该联属庙宇通用联，旨在劝人为善，通俗易懂。

　　大雄宝殿内有一副佚名抱联：

我相、人相、众生相、寿者相，有相皆虚妄；

慈心、悲心、欢喜心、施舍心，无心即弥陀。

上联裁合《金刚经》"有我相、人相、众生相、寿者相，即非菩萨""凡所有相，皆是虚妄"等语而成。意思是一切你所能看见的事物外表，都是虚假、不真实的。在看见这些外表的时候，能够不被这些外表所迷惑，认识到所见之相并不是真实的相，那么就能达到如来的境地了。

下联引《大般涅槃经》"四无量心"：慈、悲、喜、舍。佛教禅宗认为修行无须他求，只要求之于内心，便可以悟道成佛。弥陀，阿弥陀佛的简称，西方极乐世界的教化之主。

云庆寺

云庆寺，坐落在宛山南麓，地属羊尖镇宛山行政村。始建于唐代，曾是一座规模宏大、香火极盛、名冠江南的古刹。

传说云庆寺的头山门在钓渚渡河畔的关王殿（现是旱田，仍叫关王角，河岸边留有瓦砾和石驳岸的痕迹），后山门在宛山脚下，绵亘三公里许。元代，云庆寺遭焚毁。明代时，在宛山南麓重建，但是殿舍仅三四进，规模大不如前了。以后，又在宛山上续建了三处殿宇，香火重新复兴。因此民间对云庆寺又分"上山寺"和"下山寺"两种称呼。明嘉靖二十六年（1547年），由邑人顾大栋在宛山之巅建了一座六角形七级石塔，名为"报亲塔"，至今仍矗立于宛山之巅。

民国初，当地曾借寺办过学校，有人作楹联与骈文以记之。联云：

宛然树木树人勤施教化；

借得好山好水乐育英才。

文曰："宛山之英，云庆之灵；琴川古号，常熟新名。东接虞山，有周仲雍之古迹，西邻胶颠，有殷胶鬲之遗陵；南观洪波，有谢荡之浩大；北横康庄，有锡沪道之坦平。上有石塔亭且高，中有名潭皎与深。早起上山坡，欣听牧童吹横笛；晚归过荡畔，喜闻渔翁唱歌声。教室借山寺，操场属树林。晨曦照教室，闪烁光华耀山寺；夕阳射操场，红字纷飞映丛林。宛山苍苍，人杰地灵。宛山之乐乐无极，云庆之景景有情。宛山胜境，既乐且情。"

可惜联文都失作者名。据耄耋老人讲，此联、文抗战胜利后还留在云庆寺墙上。

中华人民共和国成立后，云庆寺成为宛山小学校舍。1975年寺舍全部被拆除，云庆古寺被夷为平地。1997年，信众在宛山东南部建起了云庆寺佛教活动点。2002年，经锡山区宗教事务局批准，当地正式重建云庆寺，千年古刹，重放光彩。2014年11月22日上午，无锡市锡山区云庆寺在天王殿观音广场隆重举行露天观音石像开光法会。观音石像高14.69米，和云庆寺原有的报亲塔遥相对应。

现天王殿门口悬一副由琴川包福荣撰、海云陈严书之联：

云庆报亲，福田广种；

宛山陆水，自性常明。

此联特色性强，把"云庆"寺、"报亲"塔及"宛山"之名都嵌入其中，又富佛理，平仄相谐，颇为难得。

天王殿内前柱有佛教传统抱联一副：

忉利天，法王护世，掌风调雨顺；
妙高山，香海环中，祈国泰民安。

"忉（dāo）利天"，"忉利"，梵文音译，佛教用语。"忉利天"意译为"三十三天"，因须弥山上有三十三个天国而得名，即一般所说的天堂。"妙高山"，梵文意译，其音译即为"须弥山"，佛教用语。佛典记述：须弥山之顶，为帝释的天国。山的四周，有七香海。

大雄宝殿门口檐廊抱联：

佛光普照，九州康泰；
法智圆明，四海升平。

这是一副佛教场所通用联。

殿内前柱抱联：

九品莲台，狮吼象鸣登法座；
三尊金相，龙吟虎啸出天台。

此也为佛教场所通用联。"狮吼象鸣"，比喻佛陀说法犹如狮子之吼叫声，有震慑一切外道邪说的神威；又如大象的长啸，振

羊尖楹联

聋发聩，有警示人心的力量。"三尊金相"，佛教语。《二十四章经》："三尊者，佛、法、僧也。"

前柱外侧也有一副抱联：

善启方便门，而入第一义；

不离世间法，以修诸万行。

这也是一副佛教场所通用联。"第一义"，佛教语，指最上至深的妙理，也称"第一义谛"，与"世俗谛"对称。

玉佛殿门口檐廊正中也有一副抱联：

慈云万象皆空，珑藏妙谛；

祥水一尘不染，佛启玄机。

"珑"，此处指玉，以应"玉佛"。

两侧还有一联：

智无疑识有漏，须是转识成智；

生有限法无穷，又当弘法度生。

"转识成智"，佛教语。通过特定的修行，领悟佛教"真理"，有漏（有烦恼）的八识就可转为无漏（摆脱烦恼）的八识，从而可以得到四种智慧，达到佛果。（据《成唯识论》）

纯阳庙

严家桥旧有纯阳庙。甲子年（1924年）残冬，无锡猝遭兵劫。城里邹明宇与友五人避匿东乡，遇乱兵狙击者再三，后趋至严家桥吕祖庙幸豁免。兵乱平，乙丑年（1925年）暮春，邹明宇请当时著名文人张文藻先生（1868年—1937年，字子惠，斋名庸隐庐，江苏无锡人）题严家桥纯阳庙联：

　　　　浩劫起残冬，到处危机看倚伏；
　　　　浮生依古庙，幸邀神佑庆安全。

现吕祖纯阳庙已无踪迹可寻。

鹅湖楹联

鹅湖镇位于无锡市锡山区东南部，与苏州相城区、常熟市交界。鹅湖镇由原荡口、甘露两镇合并而成，因东倚万亩水面的鹅湖而得名。境内土地平坦，河荡众多，风光旖旎，景色宜人，是典型的江南水乡。

荡口兴于元末明初，现存华氏义庄、三公祠、植福寺古戏楼、蔡鸿生洋房等古迹，展现了鹅湖镇特有的古镇风貌。鹅湖镇历代有尊师重教之风，据县志记载，明清两代，鹅湖华氏就出了20多名进士。明代首创铜活字印刷的华燧，近代数学家华蘅芳、华世芳兄弟，著名漫画家华君武，当代历史学家钱穆，物理学家钱伟长，音乐家王莘等专家学者都出生于荡口或在荡口完成启蒙教育。

甘露古名"月溪"，建镇至今已有1000多年历史，有"金甘露"之美誉；荡口古名"丁村"，形成于南宋，有"小苏州"之美誉。镇内江南古刹甘露寺，历经唐宋元明清五代，是锡东地区重要的佛事活动中心。

荡口古镇

荡口古镇历史遗存众多，有1个国家级文保单位，有4处（10个）省级文保单位，12个市级文保单位，6个市控保单位，50处历史建筑。2004年被公布为江苏省历史文化名镇，2008年被确定为无锡市五个重点保护的历史文化街区（名镇）之一。

2008年10月，锡山区委、区政府正式启动了荡口古镇保护性修复工程。在上海同济规划院、苏州规划院、上海奇创等多家单位规划下，确定了荡口古镇保护开发的总体定位：充分利用文化遗存，整合湖泊、田园生态资源，复合打造集文化体验、休闲度假、游憩娱乐、生活居住于一体，独具水乡风韵，能满足游客需求，体现江南水乡风情的旅居名镇，长三角古镇文化休闲目的地，明清江南古镇影视剧拍摄基地，最适宜憩息、颐养的旅游生活社区。

景区北大门立有新建石牌楼，两层翘顶四柱三门，高约三丈，宽四丈有余，正中镌"荡口"两个金光闪闪的大字，朝北两侧石柱镌刻一联：

孝镇义庄，吴韵千年钟荡口；
高才绝技，群贤一脉出鹅湖。

荡口华氏先祖以孝出名，荡口华氏曾创建我国最早的敬老院之一春草轩，荡口华氏老义庄的创办初衷也包含赡养孤寡老人。故曰荡口古镇为孝镇。"群贤"，指历代出自荡口的20多名进士及近代华蘅芳、钱穆等名人。此联由李志川撰。李志川，民盟成员，江西湖口人。书法由著名雕塑家钱绍武亲笔。

朝北侧柱镌联曰：

荡润延祥，德水泱泱连伯渎；
口衔丁舍，仁心晔晔照濠湖。

"延祥"，清代时荡口属延祥乡。"丁舍"，荡口古称。"濠湖"，鹅肫荡古称。联由无锡市文管会原副主任夏刚草先生撰，现任无锡市书法家协会主席孙璘书写。这是一副藏头联。

石坊南面题额为"仁里义坊"，两侧石柱联曰：

人文名镇，人才济济，人杰俊髦闻四海；
义善福邦，义誉昭昭，义行仁德式千年。

"俊髦"，意谓才智杰出之士。该联由邑人张金海先生撰，著名书法家、无锡人华人德书写。

两侧边柱联曰：

荡口繁华，名乡长卷任风卷；
鹅湖灵秀，古镇清流带韵流。

此联词句流畅，后分句规则重字，更显巧妙，把古镇的人杰地灵展现得淋漓尽致。此联由江苏省楹联研究会学术委员会副主任蒋东永撰，江苏省书法家协会副主席、江苏省书法院院长李啸书写。

进石坊门，有大溏，名曰"花笑池"。北岸有水榭，额名"一得"，额侧檐廊有抱联：

> 轩名春草，馆曰会通，仰历代才俊挥北斗；
> 荡口仁风，鹅湖秀水，看群伦孝义润南延。

"轩名春草"，指荡口华氏创建的我国最早的敬老院之一春草轩。"会通馆"，明代藏书家、刻书家、铜活字印刷家华燧的读书室及印书工场，始建于明弘治年间。

此联原联由无锡市楹联学会会长袁宗翰先生撰写，后经人稍作改写，造成上联后句平仄失律。该联由中国书法家协会原主席沈鹏书写。

"花笑池"前有屏，屏背后有一联曰：

> 逊其智，居其愚，惟虑其远；
> 明诸心，守诸躬，故流诸长。

这副格言式的对联未有落款，不知谁撰。该联由朱培尔先生书写。朱培尔，无锡人，《中国书法》杂志社主编兼社长。

花笑池东边长廊，靠水边立柱，面朝水荡有联曰：

> 江水河水溪水，凝成鹅湖万亩甘露；
> 仁心孝心善心，化作荡口千年古风。

该联运用了规则重字，使人对此联印象更加深刻，上联写鹅湖景，下联写荡口人，其意明了。此联由无锡市原副市长、甘露人谈学明撰写，无锡市锡山区书法家协会执行主席王剑先生书写。

古镇游客服务中心贵宾室外"燕贻堂"两侧有副八言佚名联：

礼以闲心，乐堪照德；

智能用事，仁足爱人。

本联改取于《中国古今格言对联选萃》，由著名书法家、邑人陈大中书写。

另外，尚有未及悬挂的名家联作，列下。

江苏省楹联研究会常务副会长魏艳鸣题荡口古镇：

荡起几多故事，漫说华氏兴，钱氏伟，诸氏皆雄，千载贤风逐橹盛；

绵延百里芳情，且随桥之古，境之新，歌之不息，一泓善水傍人亲。

江苏省楹联研究会副秘书长薛太纯题荡口古镇：

邻小石桥，傍古溪流，两岸楼台如世外；

画银荡口，点金甘露，八湖灵秀蔚江南。

江苏省楹联研究会编辑委员会编委何国衡题荡口古镇：

源远流长，十里清波回古韵；

天翻地覆，千年荡口涌新潮。

华氏老义庄

华氏老义庄，位于荡口古镇仓河北街，是江南地区至今保存最为完整、规模最大、存续时间最长的义庄之一，是全国重点文物保护单位。清乾隆七年（1742 年），由华进思、华公弼父子创建，受到乾隆皇帝嘉奖，其后华氏子孙陆续修建。现存房屋四进，占地面积约 2500 平方米。中轴线上，自南向北，依次为隔河照壁、码头及场地、八字照墙、门厅、轿厅、正厅（诒谷堂）和后厅。西路由北往南是仓廒、西花园和典当行。

荡口古镇自清代开始，先后还创办了芬义庄、永义庄、春义庄、襄义庄、徐义庄等，义庄最多时达十所以上。现将华氏老义庄布展成荡口义庄展示馆。修建后的新义庄悬挂楹联十副，择优介绍。

轿厅联：

> 义田千顷，尽含慈善布施意；
> 庄谷万钟，皆济困穷待哺人。

该联由夏刚草先生撰，无锡市书法家协会原主席王建源先生书写。

轿厅另一联：

> 四荒有赖，悉凭德义；
> 百姓无忧，且指田庄。

由袁宗翰先生撰,无锡市书法家协会原主席刘铁平先生书写。

"四茕(qióng)",指鳏、寡、孤、独四种无依无靠之人,语出《孟子·梁惠王下》:"老而无妻曰鳏。老而无夫曰寡。老而无子曰独。幼而无父曰孤。此四者,天下之穷民而无告者。文王发政施仁,必先斯四者。《诗》云:'哿矣富人,哀此茕独。'"指贫苦百姓。

诒谷堂之抱联一:

> 义田丰稔四茕乐;
> 庄基坚实一方安。

此联由夏刚草先生撰,著名书法家、邑人查理达先生书写。

诒谷堂之抱联二:

> 继先人余韵,孝心不忘捐田赡族;
> 追范氏高风,义举总关尚德兴仁。

此联落款无撰者,由著名书法家、邑人戴仲文先生书写。

诒谷堂中堂挂联:

> 纯和之德,仁义之操;
> 孝悌于家,忠謇于朝。

此联由陶涧生先生书写,是集汉碑句格言成联。

怀芬书屋有联：

充海阔天高气量；

养先忧后乐心胸。

这是一副传统励志的对联，由邑人陈瑞农书写。

怀芬书屋墙上另有一副联：

春华秋实学人业；

礼门义路君子居。

此联为吴泰年先生所撰，由无锡市书法家协会副主席顾琴女士书写。

典当行有联：

南延祥、北延祥，南北延祥延南北；

东当铺、西当铺，东西当铺当东西。

这是一副嵌入当地老地名和"当铺"的一副谐趣联。该联由著名书法家赵铭之先生书写。

华蘅芳故居

华蘅芳故居位于荡口古镇花沿街北侧，仓河北街新当里，为晚清式建筑。此为中国清代著名的数学家、科技家、教育家华蘅芳先生的故居。占地面积 1521 平方米，始建于清乾隆年间（1766年前后），现为江苏省文物保护单位，并被列为"无锡市爱国主义教育基地"。现故居保存两进十四间，前是行素轩，后是"回"字形四合院，均是硬山顶晚清式建筑。

故居惇惠堂前柱悬一联：

青蛟破浪，仰鹅湖独秀；
黄鹄冲天，看格致两芳。

"黄鹄"，指华蘅芳和同乡好友徐寿共同造出的中国最早轮船"黄鹄"号。"格致"，即格物致知，近代亦指科学知识。此联由无锡市楹联学会会长袁宗翰先生撰，刘川先生书写。

小厅内有挂联：

愿作春蚕期国盛；
独燃红烛照天明。

此联由无锡市楹联学会副会长蒋东永撰，无锡市书法家协会原副主席尤靖希书写。

行素轩立华蘅芳半身坐像，两侧有联：

漫恃高才能倚马；
终教绝技等屠龙。

此联取自华蘅芳《感怀四首》其二诗句，由著名书法家、邑人丁剑林书写。

钱穆旧居

钱穆旧居是荡口古镇八景之一。钱穆旧居在鸿声七房桥，距荡口五里。钱穆七岁随父迁居荡口入读私塾，十岁进荡口果育学校，十三岁离开荡口就读常州中学，二十四岁返荡口果育学校教书。此旧居为钱氏当年租住的王家祖宅，修复后展陈钱穆生平事迹和他童年时在荡口的生活、学习和成年后在荡口教书工作的经历。

正厅前柱悬有佚名励志传统抱联一副：

> 读圣贤书，立修齐志；
> 行仁义事，存忠孝心。

后柱有一副佚名传统抱联：

> 几百年人家，无非积善；
> 第一等事业，还是读书。

此为勉励读书的一副成联，清朝比较流行，全国多处地方悬挂，如徽州西递履福堂，扬州个园清颂堂等都有书法名家书写此联。

北厅中堂挂联曰：

尘世无常，性命终将老去；

天道好远，人文幸得绵延。

此联为钱穆所撰，书者无落款。

钱穆讲学堂有门联曰：

大巧若拙，大辩若讷；

知之非艰，行之维艰。

上联取自《庄子》，下联取自《尚书》，落款钱穆。

会通馆

  会通馆旧址位于荡口古镇景区仓河北岸，近太平桥，是明代藏书家、刻书家、铜版活字印刷家华燧的读书室及印书工场，始建于明弘治十年（1497 年）前后，现为无锡市文物遗迹控制保护单位。

  华燧（1439 年—1513 年），字文辉，号会通，无锡荡口人，首创铜版活字印刷。他认为自己对铜版活字印刷"会而通矣"，故将其印书馆题名为"会通馆"。此后，华燧之侄华坚的"兰雪堂"，无锡胶山安国的"桂坡馆"，也用铜版活字技术印刷书籍。无锡华氏、安氏采用铜版活字所印书是现存最早且具代表性的金属活字印本。这些印本现在都可以在会通馆里看到。会通馆原址就在现在的会通馆东侧。为让游客在会通馆内既能了解到我国印刷业的发展史，又能看到荡口印刷文化的精华，本地一批文史研究者曾专门前往北京的中国印刷博物馆取经，将其展示的精髓内容"复制"到了会通馆。中国印刷史上的三个重要人物，毕昇、华燧和王选，其功绩在会通馆内都有详尽的展示。

会通馆大厅后抱柱联曰：

> 燧人取火，始启文明万代；
>
> 铜字印书，终领璀璨群星。

"燧人取火"，中国神话故事。用火是人类走向文明的标志。"燧"，亦是嵌华燧之名。

此联由无锡市楹联学会会长袁宗翰先生撰，由中国美术家协会会员、国家一级美术师杨雨青书写。

会通馆大厅前抱柱联曰：

> 会锡金风，印成典籍传吴韵；
>
> 通铜活字，铸就奇书辉汉光。

此联为无锡市楹联学会副会长、盲人楹联家蒋东永所撰，由原无锡书法艺术专科学校教师徐兆平先生所书写。

华　察

华察，字子潜，号鸿山，明弘治十年（1497年）生于荡口，卒于万历二年（1574年），葬于甘露萧塘，享年77岁。其父亲华谨，成化年任判官。华察是荡口华氏始祖贞固的第六代世孙。

嘉靖五年（1526 年），华察中进士，选为庶吉士，进入翰林院。此后，历户部主事、奉政大夫、翰林修撰，官至侍讲学士。

嘉靖二十四年乙巳（1545 年），华察"抗疏乞归，拂衣归田"。其后闲居无锡，常到惠山参加碧山吟社的活动，与一班文士诗酒唱和。华察平素以"五不欺"（不欺天、不欺君、不欺亲、不欺友、不欺民）自勉，将家中一万多亩良田分一半给贫困农户，焚契毁租，又捐田八百亩，首创役田。

嘉靖三十六年（1557 年），华察从荡口搬至东亭。万历二年甲戌（1574 年）农历五月二十七，华察病重身亡，灵柩葬在甘露萧塘。

据《中国楹联大辞典》记载，清代华氏别业有华察题鹅湖联，联曰：

两树碧梧桐，清簟疏帘无俗韵；

扁舟青箬笠，斜风细雨有良朋。

"簟（diàn）"，竹编凉席。"箬笠"，斗笠。

此联对仗工整，用语通俗，雅趣横生，清奇脱俗，表达了落职士大夫的淡泊心态。

鹅湖玫瑰文化园

荡口鹅湖玫瑰文化园位于锡山区鹅湖镇，距国家 AAAA 级旅游景区荡口古镇南向 2.5 公里，占地 350 亩，是一个以"玫瑰"为主题的特色休闲农业园区。

园区目前已获得"全国少年儿童生态道德教育实践基地"、"江苏省四星级乡村旅游区"、"江苏省主题创意农园"、"江苏省科普教育基地"、"江苏省科普惠农服务站"、"无锡市休闲农业示范园（农庄）"、2016 年度"无锡市先进农业园区"、"2016 年无锡市农村一二三产业融合发展示范点"、"无锡市农业科技（科普）示范基地"等荣誉称号。

鹅湖玫瑰文化园致力于发展玫瑰经济，弘扬玫瑰文化。园区以玫瑰、月季等花卉苗木等为基础产业，配套其他特色鲜明的休闲活动项目，如花卉观光、果蔬采摘、垂钓、种植实践、农产品 DIY 体验、科普教育、户外婚礼、摄影、农家餐饮、会议培训等。园区的主要景观亭都挂了对联，以增加文化氛围，供游人观赏。园内共四副楹联，皆为无锡市楹联学会会长袁宗翰撰。

独乐众欢亭抱柱联：

万朵氤氲皆扑鼻；
一枝馥郁独倾心。

此联上下联对仗工整，开句两个数量词，后跟联绵词，最后都是人体器官名词，符合场景，谐趣盎然。该联由无锡市书法家协会原副主席尤靖希先生书写。

香透重帘亭抱柱联：

连春接夏花当艳丽；
蜂往蝶来气自芬芳。

此联为玫瑰文化园主题联，很好地展现了园区景象，通俗易懂，雅俗共赏。由无锡市书法家协会原主席王建源书写。

玉淑花荣亭抱柱联：

豆蔻发时，融风情正洽；
酴醿开了，春睡梦犹香。

此联含义畅达，文字流畅，然所写植物非玫瑰园所植。该联为易芹所撰，无锡市书法家协会原主席刘铁平所书写。

青青客舍联：

枕水以眠，心存日下；
伴花而宿，梦到天涯。

此联作为客舍联，意境贴切，通俗易懂。该联由敏南书写。

荡口桥联

荡口为典型江南水乡，河湖港汊密布，桥梁众多。古时造桥，多为乡绅捐资修建，是为大工程，故一般桥洞两侧立柱都镌刻楹联，以介绍地形、地方特色，并赋予吉言。桥联一般通俗易懂，很少留有撰写者和书法家名字。

新建的荡口古镇景区共有大小桥梁29座，分别是：

通源桥、泰平桥、会通桥、兰雪桥、如意桥、延祥桥、卖鸡桥、卖鱼桥、永安桥、迎福桥、学士桥、观稼桥、花颜桥、贯虹桥、孝义桥、传芳桥、世翰桥、通儒桥、义盛桥、忠佑桥、在理桥、嵩峰桥、水西桥、积善桥、双梧桥、耕读桥、文昌桥、春晖桥、千虑桥等。

其中 11 座桥的桥柱镌刻有桥联。其中有古桥,桥联亦是老的;有新造桥,联亦是新的。

花笑池东面有积善桥,南北跨向,桥东向有联:

绵世泽莫如为善;
振家声还是读书。

积善桥西向联为:

波心月映虹垂影;
水面风生浪作堆。

此联亦为成联,见于宁波市古林镇西洋港老桥西侧一座名为"积善亭"的凉亭。该亭石柱上镌刻两副联,一为"语语言言谁做主,晴晴雨雨总宜人",二为"波心月映虹垂影,水面风生浪作堆"。

花笑池西边是春晖桥,东西跨向,桥北向有联:

及时花发春常在;
介寿杯深客过频。

此联取自荡口华氏始迁祖华幼武所作七律诗《春晖堂》:"筑

得堂成昔奉亲，采衣芳树两鲜新。及时花发春常在，介寿杯深客过频。燕子帘拢初着雨，菖蒲几席不生尘。寥荑一自无颜色，漠漠东风草似茵。”

春晖桥南向另一联为：

春晖照人春不老；
芝草阑干芝有孙。

该联取自元末著名诗人杨维桢的《春草轩辞》："中有百岁宜男花，一色青蚨缀枝满。青蚨子母生死恩，草有灵芝生孝门。春辉照人春不老，芝草阑干芝有孙。……"

花笑池正南有耕读桥，东西跨向，桥南面联曰：

继祖宗一脉真传，克勤克俭；
示儿孙两条道路，惟读惟耕。

此联原联为浙江青田马岙李氏第七世孙、邑庠生景奎公于光绪三十一年（1905 年）重修《李氏宗谱》时题撰："继祖宗一脉真传，克勤克俭；教儿孙两行正路，惟读惟耕。"引用时稍有改动。

耕读桥北面另一联：

东望虞麓虎丘尽孔道；
西达惠峰鸿岭皆康衢。

"虞麓"，指荡口东三十里虞山。"虎丘"，荡口东向三十里，有苏州虎丘山。"孔道"，双关语，既指大道，又指孔子儒家学说。"惠峰"，指荡口西向五十里惠山。"鸿岭"，指荡口西向十里鸿山，泰伯墓在焉。"康衢"，指四通八达的大路。

此联形象地写明了耕读桥的地理位置，且很典雅。

花笑池北面，向东走，便是通往古镇景区的嵩峰桥，东西跨向，桥北侧有联曰：

　　鸟冲细雨桥荫出；
　　蝶弄微风草际来。

此联摘自宋陆游诗《小雨》，原诗句开头为"鸭"，此处改成"鸟"。

嵩峰桥南向另一联为：

　　水生金浪兼天涌；
　　云渡青冥傍月飞。

此联摘自明周翼诗《中秋夜泛舟鹅湖》："八月十五夜何其，鹅湖漾舟人未归。水生金浪兼天涌，云度青冥傍月飞。……"

嵩峰桥往南百米，便是北仓河上的义盛桥。义盛桥始建于光绪十九年（1893年），重建于20世纪80年代。桥南北跨向，东侧联曰：

　　崇仁不忘常修路；
　　尚义当知多建桥。

义盛桥西侧桥联为：

由来荡口人文地；
自始鹅湖鱼米乡。

义盛桥两副桥联通俗易懂，含义深刻，畅达不失典雅，且对仗、平仄均符合联律，颇佳。此两副桥联均由荡口中学原副校长华菊生先生新题并书。

荡口古镇景区中心有新建廊桥，名永安桥，南北跨向，南埂为原卖鱼桥旧址。桥东向有联曰：

碧水飞凫风帆远送；
清溪映月虹架高临。

永安桥西侧桥联曰：

黍稔晨收，菖蒲夕泛；
濠湖东注，苏荡西来。

该联上联说的是鱼米之乡的丰收景象。"黍"，亦称黄米。"稔"，庄稼成熟。下联说的是荡口的地理位置：在鹅肫荡（也称濠湖）的西边、苏舍荡的东边。

荡口古镇景区东首太平桥，南北跨向，桥东侧联曰：

桥号泰平，愿四境民康物阜；

河分馨清，看两图麦秀禾肥。

太平桥为古桥，为荡口养蜂大王华绎之首建，六十年后其孙辈华鸿模重建。按桥联看，"太平桥"应为"泰平桥"，后人随俗称"太平桥"。

桥西侧有联曰：

前庚子人后庚子年，主议改建；

昔用木架今用石叠，永砥中流。

此联为捐赠改建石桥的华鸿模题。"前庚子""后庚子"，指华鸿模祖父华绎之初建木桥，到华鸿模自己改建石桥正好相距六十年即一个甲子。此联记录了太平桥的史实和桥的变迁。

卖鱼桥北向有联曰：

鸿峰远映风樯外；

梅里平连云水中。

"鸿峰"，指荡口西向五里地的鸿山。"梅里"，指梅村。

南向另一联：

曲涧低围连圃后；

小池新凿在门前。

学士桥南向有联曰：

鹅湖光复先贤宅；
伯渎遥通学士桥。

"先贤"，根据下联意思，应指华氏先祖。"学士桥"，应指东亭华察所建学士桥。

北向另一联：

一点烟鬟留夕照；
三层楼阁接垂虹。

此联下联采用清顾贞观之妹顾贞立词《望江南》之六："东亭好，阑砌玉玲珑。一点烟鬟留夕照，三层楼阁接垂虹。……"用此对应东亭学士坊。

兰雪桥北向有联：

鸿迹偶曾留雪渚；
鹤情原只在芝田。

此联来自元倪瓒七律诗《怀归》："久客怀归思惘然，松间茆屋女萝牵。三杯桃李春风酒，一榻菰蒲夜雨船。鸿迹偶曾留雪渚，鹤情原只在芝田。他乡未若还家乐，绿树年年叫杜鹃。"

刘潭桥

刘潭桥地处荡口西，现在是鹅湖镇三新村中部的一个自然村，村庄历史悠久，水陆交通便利，民国时期曾设刘潭桥乡，抗战时期曾是中共锡东县委所在地，建过中共地下党交通站。桥下河南通苏舍荡，北向达宛山荡，是荡口西部南北运输的重要水道。据资料，石拱桥建于明朝早期，初名刘团桥，由荡口"华守敬建，赠兵马司指挥华燿重建"（《泰伯梅里志》卷三），已历经 600 余年风雨。石拱桥于 1967 年春被拆除。桥东西跨向。

桥南向联曰：

西接鸿山万户往来称要道；
东连鹅湖一帆迟速在中流。

北界泾桥

北界泾桥，地处无锡市锡山区鹅湖镇鹅湖村和苏州市相城区北桥街道丰泾村两个村庄之间。界泾河从南边的漕湖流向北边的鹅湖，成为无锡与苏州的交界线，石板桥东西横跨两地。明代嘉靖年间，翰林院侍讲学士华察回家乡荡口时，在东庄河建造石桥一座，名叫东庄河桥，桥重建时改为北界泾桥，石板桥下西向有"重建于光绪十九年春正月"字样。

桥朝南面有桥联一副：

西金匮东长洲通泾界为一色；
前漕湖后肫荡作砥柱于中流。

朝北面有桥联一副：

览荡镇胜景返舟数层浪；
至泰伯古河向前三漕流。

此两副桥联对仗工整，平仄讲究。

商店挂联

荡口古镇景区里商铺林立，不少店面悬挂着古色古香的楹联，但大多是抄写的成句，符合联律的很少。此处摘抄几副比较好的，供欣赏。

绿竹翁店是一家经营竹器工艺品的商店，其竹制抱联很有特色：

竹供千家，桩桩不缺；
器销八方，件件皆精。

该联系新制，有该店特色，且对仗颇工，但平仄稍欠。

德祥茶楼门口有副板联：

德厚壶中留客醉；

祥满华府待君来。

　　该联把"德祥"嵌在联里，分明是茶室对联，平仄虽有瑕疵，却颇有情趣。

　　据 1927 年 10 月 3 日《新无锡》副刊版报道：两镇相接处有一著名茶馆，因地处两镇交通要道，人来人往，歇脚喝茶，生意颇为兴隆。无锡城里著名诗人、文学家酒匄，特地撰书一副极富特色的对联，悬其门口：

七碗新茶，沁心散暑；

三杯甘露，荡口生香。

　　此联对仗工稳，平仄和谐，又道出行业特点，把茶水比喻为甘露，言茶在口中回荡，生动自然地嵌进两地地名，确是不可多得的佳联。

　　酒匄（1850 年—1931 年），原名邹弢，字翰飞，"酒匄"是其号，又号潇湘馆侍者、瘦鹤词人，晚号守死楼主。酒匄为无锡后宅人，光绪元年（1875 年）秀才，文学家。

甘露药店

　　甘露药店是百年老药店，地处鹅湖镇甘露市镇，光绪二十三年（1897 年）开办，当时药店取名为"童葆和堂"；1958 年，公私合营，童葆和堂兼并了陈天和堂，更名为"甘露药店"。

甘露药店房屋于 1984 年重新建造，朝西大门两侧有联：

> 百年老店增辉乡里；
> 千味国药造福月溪。

该联由甘露中学张澍本老师撰写。

现药店堂中有对联一副：

> 架上丹丸长生妙药；
> 壶中日月不老仙龄。

应为药店通用联。

关帝庙

关帝庙，坐落于荡口古镇义盛桥北，原名义盛庵，由举人华祖勤始建于明万历年间，随后更名为汉寿亭侯庙（即关帝庙）。20 世纪 70 年代初毁于火灾，后修复建筑面积 900 平方米，庙内设伽蓝殿和三圣殿。伽蓝殿内供奉关公，关平与周仓为其左右胁侍。三圣殿内供奉的是药师佛、日光菩萨和月光菩萨。

庙门抱联：

> 浩气丹心，万古忠诚昭日月；
> 佑民福国，千秋俎豆永山河。

锡山楹联

080

"俎豆"，俎和豆都是祭祀用的器皿，此处意为祭拜。此乃关帝庙之通用联。

庙内伽蓝殿门口檐廊抱联：

度一切众生于梦幻后；
存千秋大义在天壤间。

此也为关帝庙通用联，盛赞关公忠心大义。

殿内前柱抱联：

三教同心，忠恕慈悲感应；
上善若水，澄潜混沌浑沦。

此为关帝庙通用联，亦为技巧联。上下联结句字字同旁（"应"，繁体字作"應"），同时扣前一分句尾字。颇为巧妙。

三圣殿门口檐廊抱联：

法外求法，非法是法；
心中修心，无心即心。

此联规则重字有序，通俗易懂。

殿内一抱联：

一片婆心，总是济人利物；
三空妙谛，唯求养性修真。

"婆心"，苦心劝导。"修真"，即修道，为道家理论。本联为寺庙通用联。

三公祠

三公祠坐落在锡山区鹅湖镇南新桥边，由明翰林院侍讲学士、无锡人华察，于嘉靖三十六年（1557年）始建，为纪念苏松巡按、监察御史孙慎，苏松督粮道、山东布政使翁大立和无锡知县王其勤三人丈量土地、清厘田赋等造福一方的功德。明嘉靖三十三年（1554年）秋，朝廷派翁大立、孙慎来江南督粮。其时，王其勤觉察出无锡的田粮不实，皇粮分派不公，便会同翁、孙商讨对全县土地重新丈量，华察也赞成此举。结果查出了漏税的无粮田16万亩，免去无田粮7000余石，减轻了农民负担，得到广大农民赞赏。此举却触犯了富豪大地主的利益，地主势力上疏竭力中伤他们，使翁被革职，孙、王被调离。华察愤慨至极，毅然在鹅湖畔建祠，亲自撰写记录三公履亩清粮事迹的《首建三公生祠记》，连同丈量器"步弓"之形，一并镌刻祠内青石碑上。

庭院内西侧墙上嵌有"步弓石"一块，"步弓"刻于三块叠置的黄石条上，形状近似于现代的圆规，两足通高92厘米，肩宽53.5厘米，两足长107厘米，两足间距171厘米，这是当年为丈量土地而制的标准工具，全国罕见，文物价值极高。2006年，三公祠被列为江苏省文物保护单位。

1927年无锡"四一二"惨案发生后，荡口、甘露地区中小学纷纷停办，中共甘荡第一支部创建人陈忱白与国民党左派利用三公祠创办中山初级中学，作为地下党联系城乡的交通站，同时挂出"中山初级中学"和"国民党第六区党部"的牌子作掩护，招初中生和小学高年级学生各一班，共60多人。革命先驱王若飞曾亲自到这里指导开展秋收暴动。中山初级中学开办了半年左右就被迫关闭，却为中国革命事业输送了一批优秀人才，在无锡革命史上写下了光辉的一页。2007年7月，当地在中山初级中学旧址创建了无锡中共中山中学旧址纪念馆。

三公祠现存占地面积252平方米，建筑面积108平方米。当初，三公祠中有思泉亭、学海书院、望月楼以及遗爱堂、致斋所、衍庆道院等。

思泉亭为筒瓦攒尖顶，以四根圆角方柱承之，亭内有古井一口，名为思泉井。亭旁墙上嵌有《思泉亭记》碑刻一块。三公祠祠屋为一进，三间七架，两侧分置明代大学士王世贞、清代状元顾皋等所撰石刻碑记共八块。

思泉亭亭柱上刻有楹联二副，其一：

清泉一勺；
遗爱千秋。

此联通俗易懂，观点分明。惜未有落款，不知何人所撰。
其二：

望古人兮不见；
挹清泉而长怀。

"挹清泉"，见苏轼《雪堂记》。未有落款。

植福寺

植福寺原名植福庵，又名薛四娘娘庙，位于荡口古镇西南向约 3 公里的青荡村薛四娘桥畔。植福庵始建于清嘉庆元年（1796 年），后毁。1998 年复建。寺内供奉荡口地区特有的瘟神。现存有大殿三间和五开间的古戏楼一座。

大殿系硬山顶平房，坐北朝南，面阔三间 9.51 米，进深 7.87 米，系硬山顶殿堂建筑，虽经多次整修，但梁、柱、檩、枋及斗拱等木石结构大都为始建时的原物，四根檐柱和两根金柱为花岗岩石柱。大梁、月梁用料粗壮，雕刻花纹精细。门窗所刻花纹也都精致美观。明间两根花岗岩檐柱上镌有楹联一副，曰：

> 显赫威灵驱百疠；
> 巍峨庙貌峙千秋。

"疠"，指瘟疫。此联对仗工整，平仄考究。惜未留下撰联者姓名。

植福庵有古戏楼，坐南朝北，与大殿相对，平面上呈"凸"字形，高二层。楼下为通道，楼上为戏台的前后台。前台凸出，宽 4.23 米，深 3.34 米，顶部设八角形藻井，斗拱及"凤头昂"层层叠叠，十分精致华丽。台口左右石柱上刻楹联：

> 古往今来，莫道临场皆幻境；
> 丹楹刻桷，居然旧制换新貌。

"丹楹刻桷",是成语。"楹",房屋的柱子;"桷",方形的椽子。该词指柱子漆成红色,椽子雕着花纹,形容建筑精巧华丽。本联是旧联,不知为何上下联尾声都是仄声,或误抄。

寺内新建观音殿,殿内悬有一副联:

佛光普照三千界;
法性长存万众心。

此联为寺院通用联。

圆通禅寺

圆通禅寺始建于唐乾元初年(758年),位于荡口古镇西北郊外,本名"乾元寺"。据传原是三国时吴国娄侯张昭将军的住宅。唐代会昌年间(841年—846年)中废,咸通八年(867年)重建。宋代景祐年间(1034年—1038年)获赐"圆通禅寺"匾额。明代永乐八年(1410年),僧人希进重建;正德年间(1506年—1521年),僧人能敬又重建;万历中期,僧人智怡增建禅堂;万历四十三年(1615年),僧人明顺重建大殿。寺中有香花桥、大雄宝殿、左禅堂、方丈经楼。历史上的圆通禅寺规模恢宏,最盛时占地二百余亩,殿宇房屋千余间,有山门殿、天王殿、观音殿、地藏殿、大雄宝殿、圆通宝殿、钟鼓楼、香花桥、禅堂、法堂、方丈室、藏经楼等。明代嘉靖年间,华察作《岁晚过圆通寺》诗云:"扁舟一乘兴,岁晏访禅林。落日空门迥,长松古殿阴。溪声晚风急,野色寒云深。坐久无生境，因窥静者心。"

几经兴废，原圆通禅寺终毁于"文革"。旧址仅剩几间破屋，两株古树，一眼枯井，半截残碑。21世纪初，圆通禅寺异地重建于鹅湖边，三公祠东侧。新寺占地二十余亩。

大雄宝殿大门口檐廊下有2003年功德主丁鹤泉阖家敬赠之佛教通用抱联：

金布祇园，长证六如非色，能皈佛界；
慈施鹿苑，辄令五蕴皆空，心悟人生。

左前侧为观音殿，门口檐廊也有佛教通用抱联：

八面现金容，看一出人间便消劫运；
十方瞻宝相，愿大家心上各发慈悲。

甘露寺

甘露镇历史悠久，《锡金考乘》有记载："泰伯未至此时，一夕有甘露降其地，乃置市。"明弘治间《重修无锡县志》载，甘露市在县东七十里延祥乡。《风土记》云："昔有甘露降其地，后乃置市。五代杨行密于此置镇。"可见甘露置市近三千年，有建制逾千年。

甘露镇最古老的见证是甘露寺。甘露寺建于唐乾符元年（874年），后与宋宣和三年（1121年）建的烈帝庙合并。甘露寺历经唐、宋、元、明、清五朝，屡建屡毁，屡圮屡修，代不乏人。甘露寺旧址在甘露老街中心，现留有悟真道院两进房屋，为无锡市文物遗迹控制保护单位。

1992 年，无锡县人民政府批准恢复甘露寺，易地在镇南首一里地重建。1994 年开光落成，并由全国政协原副主席、中国佛教协会原会长赵朴初为甘露寺亲笔题名。2016 年甘露寺再次扩建，现有土地面积 70 亩，建筑面积 10 万平方米。甘露寺现有烈帝殿、天王殿、圆通宝殿、大雄宝殿、观音殿、地藏殿、太平钟楼、鼓楼、圣公圣母殿、功德房、星宿殿、戏楼、古双井、放生池、普渡桥等建筑。

新址最早建烈帝殿，供奉武烈大帝。烈帝即隋大将陈杲仁，晋陵（今常州）人。隋文帝时，曾任监察御史。其破贼屡建大功，拜大司徒，人称陈司徒。后为沈法兴所害，其家被屠。当地人即以其宅为庙。无锡甘露寺烈帝殿为其别庙。

殿内前柱有抱联：

忠可格天，正气垂之万代；
功昭捧日，休光播于千年。

"格"，通"佫"，此处为"来、到"之义。《尚书》有"格于皇天"。"垂"，流传、留存。"捧日"，忠心辅助帝王。"休光"，盛美的光华，亦比喻美德或勋业。唐韩愈《与于襄阳书》："士之能垂休光、照后世者。"

此联系邑人——原圩库小学校长黄亚雄在 2001 年为烈帝殿所题。此联赞美烈帝陈司徒，用词典雅，对仗工稳，立意深远。

甘露寺大雄宝殿为新建，气势恢宏，金碧辉煌，抱联较多。

殿内前柱悬抱联：

> 如是妙相庄严，主伴齐彰灵山会，俨然未散；
>
> 本来佛身清净，圣凡一体菩提道，当下圆成。

此联引用上海圆明讲堂内玉佛堂之联。

前殿两侧边柱悬抱联：

> 眼瞻圣境，性趣清静，献花奉水，果征菩提；
>
> 目睹慈容，心生信仰，举手低头，当成佛道。

此联对仗工整，寓意颇佳，值得玩赏。但上下联明显是写错了，题款和落款位置不对，故也挂错了，理应平声结尾者为下联。"趣"，通"趋"。

殿内前抱联为乡贤陈正生先生所撰：

> 甘霖普降，厚土山傍八湖福地；
>
> 露恩遍沐，鹅真荡畔一泓月溪。

"厚土山"，指甘露寺原址，镇北有一土山，颇高，当地人称为厚土山。"八湖福地"，即甘露四周从荡口南青荡开始往折向西到宛山荡，共有八个湖荡，环绕甘露。"月溪"，甘露古称月溪。

此联通俗易懂，对仗亦很巧妙。

甘露寺内圆通宝殿，系 2018 年 5 月 26 日与大雄宝殿一起落成。圆通宝殿前廊、大殿、后廊悬挂抱联，内容丰富，精彩纷呈。

圆通宝殿南廊中抱联为邑人陈正生所撰：

但能色相俱空，何须别求南海；
若使菩心自在，此处即是西天。

此联对仗工巧，通俗易懂。

圆通宝殿南廊抱联均为篆体，无落款：

三十二应尽随机，谁是观音本体；
百千万行皆冥妙，莫非正法金身。

"三十二应"，指观音菩萨有三十二应化身。"百千万行"，应指佛经。

此联为观音殿通用联。

圆通宝殿内朝南抱联：

慈航普渡，南海金波，紫竹婆娑星月路；
法岸浮屠，西天锡栖，祥云缭绕灵山峰。

此联为观音殿通用联。

圆通宝殿内朝北佚名抱联：

誓深似海，善应诸方，杨柳枝头甘露洒；
发大慈悲，成妙功德，恒沙世界宝莲开。

此联亦为观音殿通用联。

圆通宝殿朝北后门中联：

观察人间，功名富贵一场梦；

音闻佛阁，生灭垢净万法空。

此联为佛教寺院通用联。

圆通宝殿朝北后门边联：

观以无心，何来何去何自在；

音非法像，是定是色是圆通。

此联亦为圆通宝殿通用联。

东北塘楹联

　　据传，东北塘因地处古五步（部）湖的东北方而得名。东北塘山水环绕，东以芙蓉山为陆上屏障，南、西、北以京杭大运河支流杨婆圩、北兴塘河、五步湖、严埭河、北白荡等为经脉，境内水网交错，是典型的江南鱼米之乡。

　　东北塘街道，地处锡山区西北部，东与锡北镇、云林街道相连，南与东亭街道、梁溪区广益街道接壤，西与梁溪区黄巷街道相邻，西北与惠山区堰桥街道交界。

　　历史上的东北塘建制多变。汉高祖五年（公元前202年），建无锡县，东北塘属之。北宋元丰八年（1085年），东北塘分属天授乡、胶山乡。清雍正四年（1726年），无锡县析为无锡、金匮两县，东北塘长漕头村"一村跨两县"。清光绪三十四年（1908年），东北塘分属无锡县天上市，金匮县天下市、景云市。

　　东北塘境内有严埭、全旺两个古老的小集镇。位于无锡城北五公里处的严埭街，被南北走向的严埭河辟为东、西两街，河上建严埭桥，该桥始建于元大德五年（1301年）。全旺古镇史称"前王""前旺"，位于北兴塘河之阳，地势低洼。太平天国时，太平军在此饲养战马，人称"放马滩"。

　　如今，东北塘有芙蓉山双刹贤寺、元高士倪瓒墓、倪瓒纪念馆、北兴塘河湿地公园等名胜和景点。

倪瓒纪念馆

在中国古代十大画家中，无锡就有三位：顾恺之、倪瓒、王绂。元代的倪瓒（号云林）是中国绘画史上最有影响力的画家之一，其传世画作被列为神品之上的逸品。

倪瓒其人，性格孤傲清高，不入俗流，被后人称为"高士"。其书法从隶书入，有晋人风度，亦擅诗文，有诗、书、画三绝之誉。存世作品有《渔庄秋霁图》《六君子图》《容膝斋图》《清闷阁集》等。

倪瓒纪念馆位于无锡市锡山区原芙蓉山南麓（今芙蓉山已不复存在，被改造成了"芙蓉山庄"小区），倪瓒墓东侧。倪瓒殁于明洪武八年（1375年），初葬江阴长泾习礼里，未久，迁葬芙蓉山南麓倪氏祖坟。该墓墓碑朝东南，牌坊朝西南，格局奇特，人们以其状似绣球，故而俗称"绣球墩"，是当年的芙蓉十八景之一。

倪瓒墓在"文革"中被夷为平地，20世纪80年代初得以重建，后被无锡县人民政府公布为"文物保护单位"。1995年4月，名列江苏省文物保护单位。2007年4月起，锡山区东北塘街道开始对倪瓒墓进行了全面修缮，同时在墓址旁修成占地4800平方米的倪瓒纪念馆。

纪念馆内陈列有倪瓒40多件书画作品的仿制件。倪瓒画真迹目前主要收藏在美国大都会艺术博物馆、台北故宫博物院、故宫博物院、上海博物馆等处。

纪念馆还陈列了与倪瓒墓相关的出土文物，例如刻有"大明万历年"字样的墓石，又如质地为阳山石的坊楣，上刻"云林倪先生墓"六字。

纪念馆广场前，立一四柱三门石牌坊，正、背面各镌一联，正面（南向）"云林遗韵"额两侧有篆书一联：

> 心洁身洁名亦洁，处浊世偏能洁己；
> 学高才高品更高，问当时孰并高风。

据 1921 年版《无锡大观》"名胜号"记载，此为惠山直街倪高士祠中廉以深所撰旧联，短短两行，很好地表达了倪瓒的高洁品质。

背面（北向）"高士古风"额两侧书有一副《清闷阁志》所载的其后裔倪寅科所撰之联：

> 洁魄清魂，定来自五湖三泖；
> 幽情逸趣，当玩兹蕉雨桐风。

"三泖"，湖名，指上海青浦西南、松江西和金山西北一带的水泽，现早已淤为平地。元至正初（1343 年前后），倪瓒散尽家财，以赍亲故，孤身浪迹于震泽、三泖间。"蕉雨桐风"，芭蕉、梧桐，皆庭中所植。先生癖于洁净，民间有"洗桐"的传说。纪念馆前厅上方的"逸出尘外"四个字，系著名书法家张海先生所题，也可以作为此联的一个注脚。

纪念馆的正厅中间，悬挂中央美术学院教授钱绍武先生所书"云林逸韵"匾额，两侧悬一副明建文翰林院编修程济所撰旧联：

锡山楹联

明哲保身，逸品冠宋元以上；

萧闲养望，高风流书画之中。

此联被记载在《清閟阁志》中，由著名书法家尉天池先生书写。

"逸品"，古人将中国绘画作品分为四个等级，即能品、妙品、神品、逸品，逸品是超绝尘俗、不可模拟的艺术品。"萧闲"，潇洒悠闲，寂静。唐代顾况《山居即事》诗："下泊降茅仙，萧闲隐洞天。"又，倪瓒曾号"萧闲仙卿"。"养望"，指隐退闲居，自养名节。《北史书·魏收传》："不养望于丘壑，不待价于城市。"

骆德林

骆德林（1939 年—1989 年），著名评弹演员，无锡市锡山区东北塘街道人。1956 年师从张调创始人张鉴庭之大弟子周剑萍，学习传统长篇评弹《顾鼎臣》《十美图》等，同年登台演出。1971 年加入浙江省曲艺团并参加中篇《新琵琶行》的演出。1988 年曾组织浙江说唱艺术团，尝试借鉴相声、独脚戏的艺术手段，以丰富评弹的表演技巧。书艺承袭张鉴庭风格，咬字有力，说唱刚劲，注重角色，擅用方言。1987 年，中央领导陈云同志曾听他演唱新书，称赞他是"说新书勇将"，并与他合影。代表作有传统长篇评弹《顾鼎臣》《十美图》《玉堂春》，现代题材长篇评弹《51 号兵站》《邵阳血案》等。

有人题联赞颂他：

毛七虎、余文虎，二虎性格迥异，说来个个活虎生龙，堪称画虎画龙能画骨；

传统书、现代书，各书韵味不同，听得人人进书入迷，盛赞说书说世又说情。

联中"毛七虎""余文虎"，均为骆德林长篇评弹中的人物。此联充分运用重字手法，"虎""书"各五见，"画""说"各三见，"个个""人人"为叠词，可谓极尽巧思。上联"龙"两见，但下联对应处却分别是"迷""世"二字，略有缺憾。

1989年1月5日，他率曲艺说唱艺术团赴常熟巡回演出时，因公殉身，年仅50岁。骆德林逝世后，浙江省曲艺团题挽联纪念他：

谈古论今，凭三根丝弦，南北闯荡数十年，喜口碑已立；

标新立异，率廿名子弟，上下求索二百日，惜壮志未酬。

此联通俗易晓，妙在以数字相对，既准确，又工整。"三根丝弦"，即乐器"三弦"。

芙蓉山双刹贤寺

芙蓉山双刹贤寺位于东北塘芙蓉山麓。芙蓉山原分上山名龙井峰、下山名太乙峰。芙蓉山旧有几个寺庙群：玉皇殿、三茅殿等居龙井峰，周代始建的偃王庙、南宋所建的显济寺等居太乙峰，延福寺居山麓。

据《无锡县志》记载，芙蓉山始祖庙偃王庙始建于公元前十世纪周穆王时，秦嬴政曾为之题词，宋宁宗曾御笔题词。元代著名画家倪瓒，曾隐居于芙蓉山太乙峰显济寺环翠楼。明东林党人顾宪成、顾允成与寺僧释文洪、释文泽、振延上人多有文墨往还。由此可见，芙蓉山双刹贤寺具有悠久的历史和丰厚的底蕴。芙蓉山的古庙群及历代艺术珍品毁于1958年"大跃进"运动时期。2004年，芙蓉山双刹贤寺重建。经过20多年的努力，已建成天王殿、大雄宝殿、藏经楼、观音殿、地藏殿、龙云楼、念佛堂、往生堂、斋堂、安养斋等殿堂设施，占地近20亩。

寺内各殿堂檐廊、门口、室内悬有抱联如下。

大雄宝殿门口檐廊：

　　净土法门，上圣下凡速成佛道之捷径；
　　持名一法，诸佛诸祖普度众生之慈航。

此联根据《印光法师嘉言录》之白话译文"（净土法门是）上圣下凡速成佛道的一条捷径，诸佛诸祖普度众生的一艘慈航"演化而成。

大雄宝殿殿内一联：

　　参灵谛，利民利己正觉果；
　　唱梵音，爱国爱教菩提心。

"灵谛"，与"真谛"意义相近，泛指最真实的道理。"正觉果"，释迦牟尼所讲的三种智慧果位之一。"梵音"，这里指诵经之声。"菩提心"，菩提心的本体就是利一切众生，让他们获得如来正等觉果位的希求心。

地藏殿门口檐廊有一副抱联：

> 地生万物，赖佛威灵留净土；
> 藏兹宝库，救民疾苦上莲台。

本联上下第一字分别嵌入"地""藏"两字。

龙云楼檐廊"龙云"嵌名联：

> 龙天护法，法正行纯；
> 云祥现佛，佛住寺灵。

本联不但嵌名，而且又运用了顶真的修辞方法，使联更加生动活泼。

藏宝楼楼下檐廊抱联：

> 清凉地七宝庄严殊；
> 净土法成佛捷径胜。

"七宝"，佛教指称的七种宝物。七宝在佛经中说法不一，《般若经》以金、银、琉璃、砗磲、玛瑙、琥珀、珊瑚为七宝。佛教七宝蓄纳了佛家的光明与智慧，被视为灵物。"净土"，指佛教八宗之一的净土宗。

天王殿大门口佚名纸质贴联：

世间有佛，慈悲喜会；

胸中无我，天地无疆。

锡北楹联

　　锡北镇由原张泾、八士两镇合并设立。现政府驻地张泾，古称泾里，又名泾皋，因沿古运河道泾河建街而得名；八士，曾名八字桥，相传境内曾有八名进士及第而获称。

　　锡北历史悠久，人文荟萃。相传古代圣君虞舜曾躬耕于境内斗山。六朝时期已形成村落集市，隋唐之际傍河建街，商市繁荣。至明代万历朝，已有"廿里南北道，三里一长街""四十厅堂屋，八百商铺房"之盛况。清康熙、乾隆年间，更成为锡、澄、虞等地土布、生丝、棉花、稻米的集散中心，商贾云集，蔚为壮观。这里名人辈出，孕育了东林党领袖顾宪成、围棋国手过百龄、明末清初"词家三绝"之一的顾贞观、嘉庆状元顾皋以及晚近的无产阶级革命家严朴、外交家陈志方、南鼓王朱勤甫、国画大师陈旧村、董欣宾等名人学士。顾宪成之名联"风声雨声读书声，声声入耳；家事国事天下事，事事关心"誉满天下。

　　锡北遗存丰富，胜迹众多。斗山地区有新石器时代遗址和舜帝躬耕处、舜帝井、避雨石、钉耙印等遗迹；水墩庵存有被誉为"中华生态保护第一碑"的清代生态保护碑。镇内拥有明代建筑顾宪成故居、承先桥，清代建筑严子陵先生祠等。近年修复了新四军六师师部旧址纪念馆、董欣宾故居、顾宪成纪念馆，设立了严朴陈列馆、陈志方陈列馆、锡北革命历史纪念馆，打造了锡北红色文旅体验旅游线路。

新四军六师师部旧址纪念馆

新四军六师师部旧址纪念馆位于锡山区锡北镇寨门村诸巷，是抗战期间新四军挺进苏南东路地区进行抗日斗争的一个重要指挥部。1940年8月，谭震林率领江南抗日救国军东路指挥部到无锡，发展抗日武装，开展游击战争。皖南事变后，新四军六师师部一度驻扎于此，贯彻中央关于"扩军建政"的指示，大力推进抗日民主政权建设，广泛开展军事、财经、文教以及统战等工作，巩固和发展了抗日游击根据地。至1941年8月，新四军六师师部撤离无锡。

纪念馆于2003年12月正式建馆开放，占地面积1820平方米，建筑面积650平方米，展厅面积440平方米，主体部分为始建于1936年的一幢两层中西合璧的小洋楼。主展厅主要陈列"抗日烽火、燎原锡邑""铁军六师、逞雄苏南""继往开来、再创辉煌"三大部分。目前为国家红色旅游景点，江苏省党史教育基地和文物保护单位，并被市委统战部列为无锡市无党派、党外知识分子思想政治工作阵地，同时也是锡北镇开展铸牢中华民族共同体意识教育的一个实践基地。

该馆是一个与统战工作有着天然联系的红色阵地。当年，以谭震林为首的新四军将士在锡北寨门期间，把党的统战政策与锡北抗战实际相结合，积极开展"扩军建政"，吸收和团结了周边地区乃至上海等地大批党外知识分子和各界人士，其中三支队大多数由党外知识分子组成。谭震林还在锡北寨门留下了一个"化解小麦风波，团结开明绅士"的统战工作经典故事。

　　江苏省楹联研究会常务理事、徐州市楹联家协会副会长兼秘书长张亦伟题新四军六师师部旧址纪念馆：

　　　　小楼入史，初瞻遗物豪情壮；
　　　　满院含情，再唱军歌信念坚。

　　江苏省楹联研究会副秘书长薛太纯题新四军六师师部旧址纪念馆：

　　　　雄师具梅花之骨，耐苦耐寒，常使风云驱虎豹；
　　　　诸巷萦豪杰之声，为民为国，高悬肝胆照春秋。

　　江苏溧阳天目湖诗社社长丁欣题新四军六师师部旧址纪念馆：

　　　　一扫寇氛，布阵在雨夕风晨、苇滩芦荡；
　　　　频传捷报，决胜凭兵机将略、越剑吴勾。

锡北革命烈士陵园

　　锡北革命烈士陵园位于锡山区锡北镇春风村境内斗山西北麓、舜帝殿旁。墓区有 319 位有名烈士及 48 位无名烈士。园内有"锡北革命历史纪念馆""烈士事迹陈列室"，陈列展出纪念物品和照片等计 340 余件。墓区内安放着严朴、陆建南、李善根、王耀南、包桂林等烈士墓盒。

锡北革命历史纪念馆和烈士事迹陈列室在陵园中部南北两边，园内有纪念亭等3座、纪念雕塑碑2座及相应配套设施。陵园内松柏高耸、绿茵满园，显得庄严肃穆。

1986年，锡北革命历史纪念馆建成，纪念馆两进一院，院中建六角"警世亭"。

江苏省楹联研究会常务理事、徐州市楹联家协会副会长兼秘书长张亦伟题锡北革命烈士陵园：

　　　鏖兵锡北，激战澄南，丰碑高耸昭先烈；
　　　松柏参天，鲜花遍地，青史长铭启后昆。

江苏省楹联研究会学术委员会副主任蒋东永题锡北革命烈士陵园：

　　　转战江南，生死为民驱虎豹；
　　　长眠锡北，柏松拔地护英雄。

江苏省无锡市锡山区楹联学会会长周凤鸣题锡北革命烈士陵园：

　　　锡北及澄南，阵前敌后，敢荐头颅凝碧血；
　　　云中而岭外，天上人间，欣看世界慰丹心。

顾宪成纪念馆

　　顾宪成纪念馆位于锡山区锡北镇张泾社区泾声路 8 号。纪念馆坐南朝北，正门有当代书画家董欣宾书写的"顾宪成纪念馆"横匾，建筑总面积 3154 平方米。馆内设有顾宪成故居"端居堂"——五间两侧厢仿明建筑，面积 240 平方米。堂后为花园，园内亭台水榭、假山花木，十分幽致。清嘉庆年间，顾宪成后裔顾皋高中状元，于是在花园后又增建状元厅。馆院中有中央美术学院雕塑家钱绍武教授创作的顾宪成石像一尊，像背面刻有顾宪成生平简介。

　　"端居堂"内正中挂有"端居堂"三字匾额，原有古松图挂中堂，两侧悬徐悲鸿学生兼秘书、著名书画家黄养辉所书联：

　　　家国天下常关切；
　　　风雨读书存此心。

　　此联乃黄养辉根据东林书院闻名于世的"五声五事"联改易而成，联意虽精赅，但对仗存在问题："天下"与"读书"对不上，前者为方位词，后者为动宾结构的动词性短语。"关切"与"此心"亦难相对。平仄也有瑕疵，按古声"国"是入声，属仄声，与"下"均为仄声，失替。诚然，以新声韵论之，此联并未出律，但在此古色古香的故居内还是遵循古音为宜，看来改得不算成功。

　　现两边抱柱上是顾宪成的名联：

风声雨声读书声，声声入耳；

家事国事天下事，事事关心。

这副联，说来有些故事：

顾宪成自小聪明好学，六岁入私塾，常秉烛夜读，通宵达旦。顾宪成读书处前即为泾水河，他父亲的好友陈云浦，原任宁州知府，一日返里养病，船至张泾已过黄昏，时值风雨飘洒，船中隐约听到一阵清脆的读书声，不由好奇，即泊舟夜访。见顾家有灯光，敲门而入，见宪成、允成兄弟俩正在用功勤读，不由得触景生情，随口诵道：

风声雨声读书声，声声入耳。

顾宪成略思片刻即答道：

家事国事天下事，事事关心。

一副名联就这样诞生了。此联原一直悬挂在惠山横街后听松坊"顾端文公祠"中，也许是顾宪成只对下联，故此悬联一直未有具名。

1947 年 2 月，东林书院再次大修葺时，由顾宪成第十四世孙、时任东林小学校长的顾希炯，照祠中原样（黑漆底，银白色碎贝壳拼成联文），复制后首次移至东林书院主厅——依庸堂正厅中间楹柱上。从此该联开始面向公众。

20 世纪 60 年代初，时任北京市委书记处书记的邓拓，来锡参观了东林书院，发现此联表达了古代知识分子读书而不忘政治的主张，认为"颇有介绍的必要"。因此，他写了《事事关心》这篇著名文章，发表在 1961 年 10 月 5 日的《北京晚报》上，后又收录在他的《燕山夜话》中。"文革"时，这副对联，连同东林书院内所有的匾联全被集中到无锡的市中心——三阳广场，付之一炬。

20 世纪 80 年代初，东林书院逐步得以修复。1982 年，廖沫沙重新书写了此联，寄来无锡，后制成抱联复悬于东林书院依庸堂正厅的庭柱上。

可惜的是，记录了自建院以来 130 年间的题联和匾额之《东林书院志》（雍正十一年即 1733 年编纂，光绪重刻本），并无收录此联。毕生勤于搜集对联的晚清梁章钜，在其《楹联丛话》卷四载有惠山顾宪成祠内顾晴芬（皋）所撰联，此联却依然阙如，不免令人猜疑。

梁氏《楹联丛话》卷六载有南京"燕子矶永济寺柱联"："松声竹声钟磬声，声声自在；山色水色烟霞色，色色皆空。""五声五事"联与之颇有相似处，但后者意在参禅而前者旨在济世，无论格调或情韵，显然是前者为高。

顾宪成（1550 年—1612 年），字叔时，别号泾阳，明代思想家，东林党领袖。祖籍无锡县长安镇上舍村，幼迁张泾。万历八年（1580 年）中进士后历任京官，授户部主事。此后多有迁谪、改调。万历二十二年（1594 年），朝廷选任内阁大学士，顾宪成提名的人，都是明神宗所厌恶的，从而触怒了神宗，被革职回家。万历三十二年（1604 年）农历十月，顾宪成会同高攀龙、安希范、刘元珍、钱一本等人，发起东林大会，制定《东林会约》。顾宪成等人在东林书院讲学之余，往往讽议朝政，裁量人物，朝士慕其

锡山楹联

风者，多遥相应和，逐渐聚合成一个政治集团"东林党"。

顾允成（1554年—1607年），字季时，号泾凡，江苏无锡人，顾宪成之弟，明末思想家，"东林八君子"之一。历任南康府教授，官至礼部主事。著有《小辨斋偶存》八卷等。万历二十一年（1593年），皇帝下诏"三王并封"，顾允成与张纳陛、岳元声合疏直谏，因忤旨被贬，顾允成请辞归家不再复出。万历二十二年（1594年），顾宪成亦遭革职还家。顾允成遂与兄长重修东林书院，悉心讲学。

"端居堂"中还有两副旧联，传说都由宪成、允成兄弟小时候对吟而出。

其一：

千年杨柳当衣架；
万里长河作浴盆。

此联运用比喻的手法，把长河比作浴盆，把杨柳比作衣架，不但描绘出了兄弟俩夏日泾河游水之乐，极度的夸张更是兄弟俩胸怀壮阔的写照。一说此联出于解缙父子之口，文字有小异，"杨柳"作"老树"，"长河"作"长江"。从对仗方面看，并列结构的"杨柳"，不如偏正结构的"老树"，能够与偏正结构的"长河"相对。

其二：

父挑日月沿街卖；
母掌乾坤家中磨。

据 2020 年重修《泾里顾氏宗谱》载，明万历年间，顾宪成之父顾学迁居泾里后，在泾里开设有酒坊、染坊、米行。此联反映了顾家的创业艰辛（磨豆、卖豆腐）。联中"日月"，既指岁月，又有披星戴月之意；"乾坤"实指磨盘，暗喻大局。此联的缺憾，在于"沿街"与"家中"结构不相对。

今人多有题顾宪成纪念馆联者：

江苏省楹联研究会会长周游题顾宪成故居：

烛照幽微，无事不关家国运；
洞穿风雨，有声响彻古今天。

江苏省楹联研究会常务副会长魏艳鸣题顾宪成故居：

声随风雨相呼，四面云天皆可读；
德并言功不朽，千秋家国许同行。

江苏省楹联研究会编辑委员会编委何国衡题顾宪成纪念馆：

警语励人，读书兴国；
先贤垂范，进德修身。

江苏省楹联研究会常务理事陶珑为顾宪成纪念馆作：

讲学读书，终须着意民生朝政；
聆风观雨，只为牵情世道年光。

同人堂（泾声书场）

同人堂在无锡市锡山区张泾市镇西，原为顾宪成罢官回乡后讲学之所，内设顾宪成书房"小心斋"、顾允成书房"小辨斋"。据记载，顾宪成会讲之日，江阴、常熟、宜兴、苏州、太仓和无锡等地大批追随者便会在泾里聚集，古镇一时船桅林立，车马喧腾，胜如过节。顾宪成的著作《泾皋藏稿》《还经录》等遗稿一直保存在同人堂，直到后人编辑刻印成《顾端文公遗书》，才广为流传。当年听讲者有史孟麟、丁元荐、夏台卿、安希范、缪昌期、钱士升、马世奇、吴钟峦、张大可等。现存建筑为清代重建，堂面阔三间，前后带轩，置落地长窗，周围有回廊半栏。高攀龙对同人堂有"昼而堂左右、溪南北书声琅琅如也，夕而堂左右、溪南北膏火辉辉如也"的记述。

现部分建筑改为张泾中学，另有一厅改为泾声书场。此书场舞台两侧悬一副佚名联：

> 歌喉宛转吴音糯；
> 弦索玲珑水调新。

"宛转"，委婉曲折。"玲珑"，玉石碰撞发出的声音，形容书场琵琶弹奏之声。"宛转"与"玲珑"，系联绵词相对，甚工。"水调"，原指昆曲声腔"水磨调"，这里指低回婉转的评弹等曲艺声腔。

本联出自今人之手，内容贴切，对仗工稳，平仄协调，不失上佳之作。

寨门严子陵先生祠

寨门严子陵先生祠，位于无锡市锡山区张泾市镇北黄玫山，祀东汉高士严子陵。黄玫山，因元末张士诚部将莫天佑曾在此驻扎营寨而改名寨门。祠始建于明初，明嘉靖年间毁于倭火，清乾隆十八年（1753年），无锡寨门严氏重建严子陵先生祠，祠内置范仲淹《严先生祠堂记》屏风。

严子陵先生祠现位于无锡市锡北镇寨门小学内，祠门上书有"严子陵先生祠"，坐北朝南，内有花厅称"敬谊堂"，现为无锡市文保单位。严子陵名光，字子陵，又名严遵，会稽余姚（今浙江余姚）人。年轻时便很出名，与光武帝同在太学学习。到了光武帝即位，便改换了姓名，避世不见。最后隐居在浙江桐庐富春江上，过着优游林泉、垂钓江滩的耕种生活。后人把他垂钓的地方命名为严陵濑。

严子陵的人品确是难能可贵的，然而当时知道的人并不多。直到北宋名臣范仲淹任睦州知州时，在富春江严陵濑旁建了钓台和子陵祠，并写了一篇《严先生祠堂记》，赞扬他"云山苍苍，江水泱泱，先生之风，山高水长"，严子陵才以"高风亮节"闻于天下。

严氏后裔严宗一，于元末至正年间（1355年前后）自苏州用直移居寨门，在山明水秀的江南鱼米之乡繁衍生息。清代，祠堂建筑宏伟宽敞。祠堂前有书大清皇帝"圣旨"两字的高大石牌楼，门前列两只青石狮子，内有三米高、四米宽，用柏子树干制，刻有书法家黄自元所书北宋范仲淹名篇《严先生祠堂记》的屏风。

严氏后裔严紫卿，光绪初年曾在左宗棠幕府协理湘军营务，深受器重，故而有幸得到两江总督左宗棠题撰的宗祠正厅"山高水长"匾和抱柱联。祠内还有李鸿章楹联，黄炎培题书"敬老劝学"匾，及严紫卿任陕西按察使司带回"肃静""回避"两块"头行牌"，所有这些，均在20世纪60年代被毁。

据传该联下联即为左宗棠所题：

让他高士千秋，阿谁天子论交，神仙作婿；
分得富春一脉，依旧溪光如画，山色宜人。

上联称道严子陵非同寻常的一生行藏：始以天子至交称尊，后以神仙作婿得快，终以千秋高士闻名。据传梅福素有神仙隐士之誉，严子陵做了梅福的女婿，故有"神仙作婿"之说。下联赞赏寨门严氏，颇有先祖神韵风骨。其地"溪光如画""山色宜人"，山水人文与富春祖先一脉相承。

泾皋小学

泾皋小学，位于无锡市锡山区锡北镇张泾市镇，顾宪成故里。初，校舍设立于顾氏宗祠，时在1906年，是民国前后无锡最早成

立的新式学校之一。当成立十周年之际，周边地区学校团体及社
会名流，纷纷题联以贺。在《新无锡》1916 年 1 月 8 日至 14 日第
七版副刊上，分七天报道记载，共有 36 联，现分别介绍。

江阴马镇第三国民学校贺联：

> 煌煌雅艺；
> 济济多才。

怀上市立第十六小学贺联：

> 十年同树木；
> 三育起英才。

"三育"，1902 年张謇在《师范章程改订例言》中明确提出
"国家思想、实业知识、武备精神三者，为教育之大纲"，即后来
的德、智、体"三育"。

怀上市，旧时行政区划名。清光绪三十四年（1908 年）至民
国二十三年（1934 年），无锡被划成 17 个市乡（区），怀上市在现
锡山区锡北镇八士、张泾、东湖塘、港下一带。

怀上市立第十二小学贺联：

> 种瓜种豆无虚效；
> 树木树人不愆期。

"愆期"，意思是失约、误期。

省立第三师范学校，即今无锡高等师范学校贺联：

经十载苦心，成兹嘉会；

赖诸公热力，吸引后生。

怀上市立第四国民学校贺联：

三育著功勋，懋矣泾阳遗泽；

十年资教训，卓哉怀上前驱。

"懋"，意思是盛大。

秦氏公学贺联：

同是十周，多惭淮海开公学；

相逢卅世，毕竟端文有后贤。

"淮海"，秦观，字少游，号淮海居士。此处代指秦氏后人。
"端文"，顾宪成谥号端文。"卅世"，九百年。此年份应是秦观诞生
以来的约数。

县立女子师范学校贺联：

佩实衔华，得豆得瓜皆效果；

春风雨化，树人树木总因材。

"佩实衔华"，形容文章的形式和内容都完美，也形容草木开

花结果，出自《文心雕龙·征圣》。"春风雨化"，今多作"春风化雨"，乃糅合《孟子·尽心上》"时雨化之"及《说苑》"春风风人"而成。

县立第二高等小学贺联：

树木十年，南国适逢新雨泽；
传薪一脉，东林共仰旧家风。

怀上市立第二国民学校贺联：

风气倡怀上先声，定多三育英材推行吾道；
文化兆泾皋秀色，还望十年树木蔚起人才。

"泾皋"是张泾的旧称。

泾皋女学贺联：

自丙午，迄乙卯，教训十年，培植多少佳子弟；
始寻常，终国民，磨砻三育，辛劳堪对贤父兄。

"丙午"，1906年。"乙卯"，1915年。"磨砻"，磨炼、切磋。

怀上市立第十五小学校贺联：

改旧习惯，开新知识，具一片热心化推南国；
得良教师，集佳子弟，留十周纪念会继东林。

怀上市立第一国民学校贺联：

创此校毅力热忱，启一隅文明，是善述东林祖业；

览成绩得心应手，惟十年教训，竟蔚为泾里人才。

县立第一高等小学贺联：

宏开校舍，派衍端文，会看桃李成荫，十载风霜怀往事；

大启讲坛，首推小阮，况复竹林济美，一家叔侄尽英贤。

"端文"，顾宪成的谥号。"小阮"，指阮咸，阮咸与其叔阮籍同为竹林七贤中人物，这里借指兴办学校的顾氏家族。

怀上市立第十五国民学校贺联：

去此十年前，世还守旧，兹独维新，风气早开通，实缘泾阳之孙都为达士；

可知今日后，教育益良，文明愈进，人才经陶冶，定有皋夔之亚出佐英君。

"皋夔"，皋陶和夔的并称。传说皋陶是虞舜时刑官，夔是虞舜时乐官，后常借二者指贤臣。

怀上私立怀新学校贺联：

顾氏为泾皋望族，热心兴学，培植英雄，迄今瀛海东西，分道扬镳人似鲫；

是校得风化之先，推波助澜，宏开教育，从此怀仁上下，鼓歌弦诵声如雷。

"人似鲫"，指人数众多。东晋王朝在江南建立后，北方士族纷纷来到江南，当时有人说"过江名士多于鲫"。

顾氏后裔顾毅贺联：

> 一派春阳，私衷倾向；
> 十年雨化，陈绩堪征。

"私衷"，内心。"倾向"，倾心向往。"征"，验证。

无锡望族杨氏后人杨寿枬贺联：

> 广厦欢颜，泽流梓里；
> 十年弹指，名满泾皋。

顾氏后裔顾宝樾贺联：

> 始寻常，今国民，中称两等；
> 自丙午，迄乙卯，已达十年。

顾氏后裔顾宝珏（1933 年与顾宝琛一起纂修《顾氏大统宗谱·无锡》）贺联：

> 泾里得栽培，常想风被雨化；
> 岁旬留征念，恰当民末帝初。

"民末帝初"是指 1915 年 12 月 12 日至 1916 年 3 月 23 日间，袁世凯复辟帝制。

顾氏后裔顾宝琛贺联：

　　十年弹指，成绩何如，总父兄居乡党邻里之中，到此品评应指教；

　　一脉传薪，遗风未泯，诸子弟习书教文艺而外，当前试演出新才。

顾氏后裔顾宝桢（本校教员）贺联：

　　开风气为各学校先，英才示育积极进行，岁月十周应纪念；

　　执教鞭随诸君子后，讲席滥竽那堪回顾，蹉跎两载至今惭。

上下联末三字"应纪念""至今惭"属于字面对。

顾氏后裔顾鸣罔贺联：

　　童子戏游，聊博诸公一笑；
　　良辰纪念，适逢民国五年。

顾氏后裔顾鹏贺联：

　　成学校，设课堂，借用宗祠，都是先人遗泽；
　　算年华，留纪念，开通泾里，引诱后辈进贤。

顾氏后裔顾平贺联：

儒素本家风，相传三百年，祠宇通融为讲席；
泾皋开小学，创办一十载，师生纪念各留神。

"儒素"，指符合儒家思想的品格德行。"祠宇通融为讲席"，指把家族祠堂改建为学校。

顾氏后裔顾毓球贺联：

地邻胶鬲，荒邱三育，兼顾樵牧皆成名下士；
学衍端文，宗派十年，教训市乡偏列小门生。

"胶鬲"，指胶山，山之西有殷商贤人胶鬲墓。

顾氏后裔顾焕章贺联：

劳诸父叔伯十载经营，宏彼远谋获此佳绩；
萃群徒昆季一堂授受，为国造士于家有光。

"昆季"，兄弟。长为昆，幼为季。

陈光裕贺联：

家学渊源承一脉，真传泾阳遗泽；
良辰游艺纪十周，成绩帝国维新。

张鉴贺联：

游必有方，此地擅道学文章之胜；

艺成而下，得力在礼乐书教之中。

"游必有方"，原意是如果出游，必须要告知去处。语出《论语·里仁》："父母在，不远游，游必有方。"

姚汝采贺联：

讲学溯源流，一脉真传犹是端文旧泽；

良辰留纪念，十周开会适逢帝国初年。

侯鸿鉴贺联：

我来泾水听弦歌，一刹十周，声犹在耳；

此是国民真纪念，明年今日，原毋相忘。

侯鸿鉴，字葆三，号铁梅，现代教育家、藏书家，江苏无锡人。四次应科举考试落榜后，愤而自学数、理、化，光绪二十三年（1897年）考入上海南洋公学师范院，1902年留学日本，入弘文学院师范科，研究东西方教育学说。归国后出资兴办竞志女子学校，第二年又增设幼稚园，为我国近代最早创办的有影响的女校之一。

沈寿桐贺联：

读书已十年，穷达休论，攸之到此应无恨；

传薪延一脉，弦歌不绝，泾阳而后有斯人。

"攸之"，南朝宋名将沈攸之，字仲达。晚年好读书，曾叹道："早知穷达有命，恨不十年读书。"

王蕴亨贺联：

> 承泾阳先生遗风，兴学育才，狂简都成佳子弟；
> 罗吾党小子成绩，陈材角艺，璀璨争辉新纪元。

"狂简"，志向高远而处世疏阔。《论语·公冶长》："吾党之小子狂简，斐然成章，不知所以裁之。"

李凤鸣贺联：

> 十年内谛造艰难，不惮教育宏施，始获有斯纪念；
> 合族中赞襄公义，到此展览成绩，敢云无愧热肠。

孙思赞贺联：

> 本镇有高等、有女学、有国民，科目完全，不让鹅湖独步；
> 私立若经正、若怀新、若成志，吉光辉映，争看泾里多才。

"吉光"，传说中的神兽名，一说神马名。这里指优秀学子。

钱基厚贺联：

> 怀仁为吾邑边偶，赖诸公十载勤劳，四座遍栽桃李树；
> 端文本君家嫡脉，看此日群英毕集，九原应喜子孙贤。

钱基厚（1887 年—1972 年），名孙卿，基厚为其字，无锡七尺场（现新街巷）人，社会活动家，著名国学大师钱基博同孪兄弟，钱锺书之叔。1912 年，当选为无锡县议员，并任无锡教育会会长，县公署学务课课长，为地方名辈所倚重。1924 年任无锡工商会会长，抗战期间避居上海，抗战胜利后，复任无锡工商会会长。中华人民共和国成立后曾任无锡市副市长、政协副主席、省政协常委等职。

泾皋小学理想世界室有联：

吴地本蛮方，自从太伯开基，遂顿革草莱俗尚，自殷商、历文武、迄春秋，月异日新，居然列中华上国；

泾里虽小邑，世沐端文遗泽，倘此后英才辈出，崇武功、创工艺、兴实业，云蒸霞蔚，不难成都会名区。

"草莱"，指草莽，杂生的草，引申为荒芜之地。

泾皋女子职业学校

清宣统二年（1910 年），顾宪成后裔在张泾镇开办了"泾皋女子职业学校"。至 1917 年春成立七周年时，举办了纪念会及第二次学艺会、新校舍落成纪念等活动。周边地区学校团体及一些社会名流，纷纷题联以贺。无锡《新无锡》副刊版于 1917 年 4 月 27 日至 30 日分期刊载了 17 副贺联，现分别介绍。

泾皋小学贺联：

技能与生活相联，女学正光昌，好为吾辈保国粹；

物质随文明并进，潮流方激荡，仁看泾里竟欧风。

翼中女学校贺联：

为女界陶铸人才，堪资表率；

以职业开通风气，特具专长。

怀上市立第十六国民学校贺联：

七载费经营，成绩昭彰，根本改良在女子；

一番新气象，会场宏展，各科表演娱家庭。

县立第五高小贺联：

巾帼启文明，萃泾阳女界精华，组成这七周纪念，两番学艺；

堂阶颂美奂，得怀上英才教育，好趁此三春韶秀，一试技能。

钱基厚贺联：

百岁溯家风，或弦诵、或琴歌，旧泽分流怀上市；

一堂传实业，若烹饪、若刺绣，他年尽是女中师。

锡山楹联

许械贺联：

怀上处锡邑边隅，三育兼施，学派分流女弟子；
泾皋本端文旧址，一堂垂教，家声上接古圣贤。

许械（1866 年—1932 年），字少宣，号伯荫，无锡县人，光绪庚寅（1890 年）秀才。先后任俟实学堂、东林学堂校长，后入无锡县公署任教育科科长。

孙肇圻贺联：

七载辛勤，女学有声怀上市；
参观未得，征尘甫息石头城。

此联第一分句"七载辛勤"与"参观未得"，初看全不合对仗，细品却是独具一格。"参"是动词，但在古汉语中亦作"三"，例《荀子·劝学》"君子博学而日参省乎己"中，"参"即"三"，以之与"七"对，工；表示"年"的"载"字，另有动词的用法，以之与"观"对，工；"辛"与"未"，天干对地支，工；"得"另有"得意"义，以之与"勤"对，工；下联第二分句里的"息"，是动词，但是借用其"呼吸"之意，则与上联的"声"字，对得也颇为工整。

吴江金天翮贺联：

巾帼有才，设为庠序学校以教；
机杼在手，赖此文章黼黻之光。

"庠序"，古代的地方学校，后也泛称学校或教育事业。《孟子·滕文公上》："夏曰校，殷曰序，周曰庠。""机杼"，原指织布机，也指机梭、机关，此处引申为事情的关键。"文章"，在此有双关之义，其一指学问、学识（此意切合上联的"学校"），其二指错杂的花纹。"黼黻"，原指古代礼服上所绣的色彩绚丽的花纹。"文章黼黻"，泛指华美鲜艳的织品，比喻优秀的成果。

邗江陈延华贺联：

　　绣虎雕龙，有文华国；
　　吹色唾叶，惟巧夺天。

"雕"，猜想是"雕卷"的省略，"雕卷"，相牵引也。

周祖望、江呈祥贺联：

　　大展宏开庇多士；
　　诸生讲解得切磋。

"多士"，指众多的贤士。此联多得字面对之巧。

蔡其标、陆瀛贺联：

　　成绩满堂，人才辈出；
　　大开广厦，女士颜欢。

杨梦龄贺联：

讲学溯端文，教育承留先世泽；

传经同韦母，门墙胪列女中师。

"韦母"，十六国时期太常韦逞的母亲，本姓宋，因其课子传经之功，苻坚赐予她"宣文君"的称号。"门墙"，指师长之门。"胪列"，犹言罗列。

王起凤贺联：

开一方风气之先，端凭诸君实力；

展平日技能而后，遥祝学子前程。

孙仲襄贺联：

开校第七年，开会第二次，洵足开通见气；

知识重学业，生活重职业，此即实业权舆。

"权舆"，起初、初时。此联三处出现不规则重字"开"和"业"。

辛于须（宝帧）贺联：

昔年游艺，忝列讲台，曾几何时，又开嘉会；

此日培材，大成广厦，进行不已，具见热忱。

段献臣贺联：

家庭教育开先声，赖诸君七载提倡，多才多艺昭伟绩；

堂奥辉光佑后起，看今日一番表演，美轮美奂著新猷。

"新犹"，即"新猷"，"犹"与"猷"通，指新的功业。

陈球珍、辛炳奎、宗森、胡启元贺联：

> 昔年提倡，粗具规模，欣看泾上诸生，渐进泾皋女校；
> 此日归来，适逢游艺，行见室中成绩，洵知巾帼人才。

怀上市小学联合运动会

民国期间，某年怀上市各小学联合召开体育运动会，有人撰联纪念：

> 童年振尚武精神，古有礼经，习射同于舞象；
> 学术式端文金玉，时乘农隙，合群要在知方。

"礼经"，原指《仪礼》，是"六经"之一。此处指《礼记》。《周礼》《仪礼》《礼记》合称"三礼"。"舞象"，是古武舞名。《礼记·内则》："成童，舞象，学射御。"《疏》曰："成童，谓十五以上；舞象，谓舞武也。""学术式端文金玉"，谓要学习顾端文公宪成的精华。"式"，效法。"知方"，知礼法，语本《论语·先进》："可使有勇，且知方也。"

斗东茶场

　　无锡市八士斗东茶场，地处无锡市锡山区斗山东麓斗东村，环境幽静，土地肥沃，主要经营茶叶的种植和加工。斗东茶场所加工的茶叶品种有：太湖翠竹、碧螺春、炒青、一级绿茶、毫茶、花茶、红茶等。其中生产的"斗东"牌太湖翠竹茶，多次在省"陆羽杯"、全国"中茶杯"和国际名茶评比中获奖。

　　据《中国百县春联楹联集》记载，王东海曾有一联以赞：

　　　　北汲百泉池中水；

　　　　南采斗东山上茶。

　　遗憾的是，此联对仗略欠工整，平仄也存在失替缺对的问题。

"太湖翠竹茶"主题征联

　　"太湖翠竹茶"产于无锡市锡山区八士地区，在全国"中茶杯"和省"陆羽杯"名优茶评比中，屡获最高奖，业已成为中国名茶新秀。

　　2003年无锡·八士首届太湖翠竹茶叶节即将开幕之际，由原八士镇人民政府向无锡市内外征集"太湖翠竹茶"主题楹联。这次征集活动经有关部门评选，选出特等奖一联、一等奖二联、二等奖五联、三等奖十联。现特将特等奖和一等奖获奖作品介绍如下。

特等奖作品：

云映太湖翠竹茶乡里，茗香溢九州；
日照斗山青梅菊苑畔，友情满八士。

一等奖作品两副，其一：

斗山佳地，英才荟萃八士；
太湖翠竹，茶香飘逸四海。

其二：

品太湖翠竹茶，掠尽天下春色；
思斗山绿叶情，斟满人间温馨。

斗山禅寺

斗山禅寺，坐落于无锡市锡山区锡北镇北部松涛喧哗的斗山峰峦上。斗山禅寺历史悠久，相传王莽新朝天凤二年（15年）便建有斗山寺。1861年斗山寺毁于战火，后改建成玉皇殿。1997年秋，当地信众筹资在玉皇殿原址上重建庙宇，命名为"斗山禅寺"。斗山禅寺占地四十余亩，建有天王殿、大雄宝殿、观音殿、地藏殿等。

寺中悬有张金海一联：

梵音圣谛涤俗念；
妙相金身导慈航。

另外，寺中还有一副佚名抱联：

暮鼓晨钟，与佛有缘成无上道；
松风水月，问天无愧是大菩提。

"无上道"，意谓至高无上的得道之人。此联词意贴切、对仗
工稳、平仄和谐，但出现了不规则重字"无"，却是瑕疵。

关帝殿

斗山东麓有关帝殿。大殿内悬一副 2000 年 5 月方村方耀祥敬
献的抱联：

志在春秋，文夫子仁义昭天地；
千里单骑，武圣人忠勇贯日月。

上联称颂孔子，下联称颂关羽。一文一武，两位圣人。

水墩庵

水墩庵位于斗山南麓，四面临水，唯一小桥可通庵内。水墩庵始建于明代，原系有识之士黄可延以田产捐作庵堂，徽州开明商人江顺捐良田二亩，以供香火。清顺治年间，苏州寒山寺蜀齐和尚曾居此潜心研究佛学。

被称为"中华生态保护第一碑"的"斗山生态古碑"存放在水墩庵。这三块古生态保护碑分别为禁约碑、放生池碑和永禁碑，均为清朝刻立。自1994年被发现后，专家学者纷纷赴实地考察、鉴定，一致认为这三块碑从体例、形制、行文用典、书法、用印、刻工等方面，均可证为古物。三块古碑中距今年代最远的是禁约碑，刻于康熙八年（1669年），为时任无锡知县的吴兴祚在斗山水墩庵所刻，由张君立碑，碑高0.4米、宽0.54米，碑文343字，字体秀丽遒劲，主要内容是封山育林，劝阻荷铳打猎，禁捕飞禽走兽等，并划定"永为放生处所"及禁区的区域范围。吴兴祚于康熙十年（1671年）再刻放生池碑。金匮知县阎登云则于嘉庆十六年（1811年）刻下永禁碑。三块碑文内容均为宣传生态保护，提出人与自然要和谐相处。

现水墩庵系1996年重建，位于放生池东南。庵三间三进，大殿供三圣。殿内后柱悬有佚名抱联：

暮鼓晨钟，与佛有缘成无上道；
松风水月，问天无愧是大菩提。

此联又见于斗山禅寺。

双女大王庙

据 1915 年 4 月 28 日《新无锡》第七版副刊记载，无锡八士芙蓉山下有"双女大王庙"。惜早废。"双女"为何人？也无法考察，仅有裘岐伯（1869 年—1932 年）一联以证：

> 春色满芙蓉，箫鼓夕阳，胜地恍临湘水曲；
> 英雄双儿女，河山故国，同时应吊蠙矶祠。

"湘水"，即湘江。传说中尧帝的两个女儿娥皇、女英，同嫁舜帝为妻。舜帝死于湘水之滨的苍梧山后，二妃泪染青竹，泪尽而死，该竹因称"湘妃竹"。秦汉时起，湘江之神湘君与湘夫人的爱情神话，被演变成舜帝与娥皇、女英的传说。由此，上联似乎记述二女同嫁一夫之事。"蠙矶"，地名，地处安徽芜湖西江中，矶上旧有灵泽夫人祠。灵泽夫人即俗传三国时刘备之妻、孙权之妹孙尚香，其闻昭烈帝（刘备）崩，哀毁投江自尽。由此，下联似乎记述二女投水殉夫之事。

顾端文公祠

　　顾端文公祠位于惠山听松坊，今锡惠园林文物名胜区寄畅园后，始建于明万历四十一年（1613年），为顾氏族人祭祀明吏部文选郎中、光禄寺少卿、东林党领袖、乡贤顾宪成之场所，其弟顾允成配祀。祠内原有旧联数副，其中最著名的联为：

> 风声雨声读书声，声声入耳；
> 家事国事天下事，事事关心。

　　此"五声五事"联，于2001年祠堂重修时集郭沫若字，制成抱联，悬于享堂门口檐柱上。

　　据1921年版《无锡大观》"名胜号"介绍，另有冯从吾所撰一联：

> 泰伯来而梅里，片墟开东南之草昧；
> 先生出而泾皋，蕞土萃宇宙之文明。

　　"片墟"，原指区区土丘，此指梅里。"蕞土"，原指小地方，此指泾皋（即张泾）。上联写无锡奠基人泰伯丰功，下联写顾宪成伟绩。此联现由周云飞楷书后重制抱联悬享堂内。

　　据清梁章钜《楹联丛话全编》卷四中记载，顾宪成后裔、状元顾皋曾撰一联：

立朝与天子宰相争是非，悉宗社远猷，国本重计；

居恒共师弟朋友相讲习，惟至善性体，小心工夫。

　　本联赞誉了顾宪成立朝、下野的重大事迹。上联写"居庙堂之高"时，为国家大计，敢于抗颜直谏。下联写"处江湖之远"时，日常与朋友潜心交流学问，勉力修养品性。"宗社远猷"，指国家的深谋远略。"至善"，至极之善，语出《大学》："大学之道，在明明德，在亲民，在止于至善。"朱熹注："至善，则事理当然之极也。""性体"，指本性、品质。

正法禅寺

　　正法禅寺地处无锡市锡山区锡北镇光明村陈家桥，在福慧寺正北约二公里处，现为锡山区唯一的尼众道场。

　　正法禅寺原名鸣玉庵，清光绪三年（1877年）奉钦兴建，立秋建成。原址在陈家桥的东南角，是无锡著名的寺院之一，亦是无锡市佛协第四分会会址。"文革"时寺院全部遭到破坏。1991年落实国家宗教政策，于原址恢复昔日寺院盛况，名为四莲社。1995年因故迁来现址，因正法法师久住，故名称改为正法禅寺。

　　正法禅寺现今占地近20亩，主要建筑有毗卢宝殿、天王殿、地藏殿、三佛殿、伽蓝殿、五观堂及僧寮等。"戒律为基、育僧为本、弘化为要、实践人间佛教"是正法禅寺的立寺之本。

　　毗卢宝殿内正中有副抱联：

我师称大雄，降伏四魔归正道；

契经演圣教，广开三乘显真如。

"大雄"，是释迦牟尼的德号。"四魔"是指烦恼魔、阴魔、死魔、自在天魔，均为佛教概念。"契经"，佛教三藏之一，亦单称经，对律、论而言。"圣教"，宗教信徒对各自宗教的尊称，这里指佛教。"三乘"，佛教名词，即"声闻乘""缘觉乘""菩萨乘"。"真如"，梵文意译，佛教名词，一般解释为绝对不变的"永恒真理"或本体，也称作"性空""无为""实相"等。

此联充满佛理，为一般佛殿通用联，只是开头二字"我师"一般都作"我佛"。

五观内堂有副纸质装裱悬联，也是寺庙常用联：

五观若存金易化；

三心不了水难消。

全联充满禅机。"五观"，佛教名词，其意为：一是思念食物来之不易，二是思念自己德行有无亏缺，三是防止产生贪食美味的念头，四是将饭食只作为疗饥之药，五是为修道业而受此食。"三心"，佛教中指过去心、现在心、未来心。众生之所以痛苦，就在于过于执着往昔的想念、今日的焦虑、未来的担忧。

东港楹联

东港镇位于无锡市东北隅,由东湖塘和港下两个镇合并设立。东港镇东接常熟市尚湖镇,南连羊尖镇、安镇街道,西邻锡北镇,北依江阴市长泾镇、顾山镇,素有"鸡鸣闻三县"之称,是无锡著名的乡镇工业发源地之一。

东港镇历史悠久、文化深厚。北周巷出土的象塔头墩遗址,可以追溯到 6000 多年前的新石器时代。蠡渎曾作为商圣范蠡的封地流传至今,黄土塘村自元代而始历久弥新,陈市古村见证了数千年的岁月变迁。

东港镇文士与武将辈出,传统和现代辉映。相传梁武帝在顾山建香山观音禅寺,该寺为南朝四百八十寺之一,蔚为壮观;太子萧统在山麓建文选楼,撷历代文章精华而成《昭明文选》。明末清初武进士吴虎臣和清乾隆时期武状元乔氏军功卓著,民国初年山水画家蒋友兰、指画艺术大师张天奇等一展江南风韵。现代更是群星璀璨,"两弹一星"元勋姚桐斌、水利科技先驱须恺、建筑设计大师戴念慈、量子计算领军专家杜江峰等在科学领域熠熠生辉。红豆集团脱胎于乡镇企业,传承商圣文化,荣列中国民营企业 500 强;创始人周耀庭、周海江父子首倡"红豆七夕节",呼吁用现代文学艺术唱响千年相思。

姚桐斌故居

姚桐斌故居，位于无锡市东港镇黄土塘村，是江苏省第五批文物保护单位，于 2002 年 10 月被江苏省确认为同意修复的省级文物保护单位。2005 年 11 月 12 日，姚桐斌故居经修复后作为省级爱国主义教育基地正式对外免费开放。

姚桐斌，1922 年（民国十一年）9 月 3 日出生于江苏无锡县黄土塘，祖籍安徽休宁。童年靠父兄做粮食生意的微薄收入读完了小学。因家境贫困，1937 年辗转至江西吉安读初中，1939 年入吉安国立第十三中学高中部。1941 年姚桐斌高中毕业，考入交通大学唐山工程学院；1945 年以全校第一的总评成绩毕业，获得工学学士学位，同年 8 月任国民政府经济部矿冶研究所助理研究员；1946 年 10 月被录取为公费留学生；1947 年 10 月进入英国伯明翰大学工业冶金系攻读研究生；1951 年获得伯明翰大学工学博士学位；1953 年 6 月获得伦敦帝国理工学院皇家矿校冶金系文凭；1954 年赴联邦德国亚琛工业大学冶金系铸造研究室任研究员；1956 年 9 月在中国驻瑞士大使馆申请加入中国共产党；1957 年 4 月在联邦德国冶金厂实习，9 月回到祖国，转正为中国共产党党员。1958 年 1 月被分配到国防部第五研究院一分院工作，历任一分院第七研究室工程师、室主任和一分院第六研究所所长；1965 年组建第七机械工业部后，他任材料与工艺研究所所长；1968 年 6 月 8 日在"文化大革命"中被无端毒打，不幸逝世，年仅 46 岁。1983 年被追认为革命烈士；1985 年被追授国家科学技术进步奖特等奖；1999 年被追授两弹一星功勋奖章。

在黄土塘村姚桐斌故居中堂挂有对联一副：

两弹一星元勋姚桐斌立功祖国；
千载百代古镇黄土塘喜获殊荣。

这副对联由邑人周如青撰，周才俊书写。利用数量词巧对，赞颂了姚桐斌的光辉成就并表达了家乡父老乡亲以此为荣的心情。

故居院子墙上，嵌有多块石碑，为姚桐斌领导同事的题词。其中不乏对联形式，特别是其中几副具有挽联特点，特列如下：

鞠躬尽瘁为航天；
德昭日月感后人。

此为钱学森作挽联。钱学森（1911 年 12 月 11 日—2009 年 10 月 31 日），出生于上海，籍贯浙江杭州，中国共产党的优秀党员，忠诚的共产主义战士，享誉海内外的对国家作出杰出贡献的科学家和中国航天事业奠基人，中国科学院、中国工程院资深院士，中国人民政治协商会议第六、七、八届全国委员会副主席，两弹一星功勋奖章获得者。

情系祖国安危；
勇登科技高峰。

此联为赵玉麟本人及其代表程颖、傅宜春、光蕴书写。

赵玉麟，江西奉新人，1923年10月出生。曾就读吉安国立十三中学高中部，与姚桐斌是同班同学。1949年毕业于国立中央大学，中华人民共和国成立后任职于军管会宣传处。历任南京市总工会、秦淮区政府、南京市商务局、南京日报社、南京市宏观经济研究中心等单位的领导职务。著有散文集《金陵闲话》。

> 科技报国的典范；
> 航天战线的楷模。

此联由开国少将刘瑄题写。

刘瑄（1917年—2010年），男，山东邹平人，中国共产党党员，中国人民解放军南京高级陆军学校原副政委，原第七机械工业部第一研究院院长，原国防部第五研究院一分院院长，副兵团职离休干部。1955年被授予大校军衔，1961年被授予少将军衔，曾荣获二级独立自由勋章、二级解放勋章和一级红星功勋荣誉章。

山联村

山联村为东港镇北边，也是锡山区最北方，位于顾山南坡。相传南朝梁武帝在顾山山北建香山寺，该寺为南朝四百八十寺之一。太子萧统在香山寺边建文选楼，隐居楼里撰《昭明文选》。顾山南坡本无寺，山联村建特色乡村，另建香山顶寺。寺为新建，均未挂楹联。

山联村曾获评"江苏省最美乡村",辟为旅游景区,村口悬联曰:

> 休闲美食,体验感悟,醉美度假村;
> 南山脚下,绿色丛中,话金色山联。

此联虽不讲究联律,亦算朗朗上口。

景区有一茶楼,名耕乐榭,古色古香的走廊有一抱柱联,颇显雅致。联曰:

> 山前村后无闲事;
> 天上地下有忙人。

联落款:瞭然。此联大气,在山光水色中尽显文雅之趣。"耕乐榭"名出自明张锡《题耕乐手卷》,该榭面阔三间,木结构建筑。此联通俗易懂。

山南麓有吟草轩,悬联二副,其一即取自白居易诗句:

> 野火烧不尽;
> 春风吹又生。

另一联为:

> 栈桥卧波,新亭延月;
> 荷香醉客,柳色迷人。

"栈桥"，全名"九曲木栈桥"，长约一百多米，桥面上设置了垂钓台，桥下水域是山前塘。一条清流从顾山里流出，淌入山村中心，与村中的山塘相连，故名山前塘。塘前的这座山就是江南名山顾山，顾山有四个名字：除了叫顾山外，又名三界山，因顾山介于常熟、江阴、无锡之交；以其形状似龟，又称灵龟山；古时山中长有兰蕙，花开时幽香馥郁，所以又被称为香山。

顾山有一义民亭。据《顾山文献录》记载：明正统六年（1441年），周珏（周伯源之孙）出粟六千石，助官赈济，巡抚周忱重其孝义，追号伯源为义民，皇帝赐书"义民"二字，周氏建亭树碑，不久亭倒。至民国年间，周仲兴重建碑亭，取名承古阁，俗称亭子里。20世纪60年代，北面护栏外还保存砌成方砖大小的三块碑石组成的玺书碑，写有"义民"二字，署名年月。70年代平整田地和开浚沿山河渠时，承古阁被拆，三块碑石不知散落何处，甚为可惜。义民亭前也有一副对联：

　　尚德一生嫌善少；
　　平安两字值钱多。

此联意指百姓崇尚勤劳善良，祈平安幸福。
另有一联：

　　事到眼前明似雪；
　　民从心上养如春。

顾山另有一三界亭。在顾山南麓东侧半山腰，有一六角雕花、飞檐翘角的攒尖顶亭，是登山小憩绝佳处，名为三界亭。因这里是无锡、常熟、江阴三市（县）交界处，三界亭之名便由此而得来。此名亦与佛学有关。佛学中有欲界、色界、无色界，即三界之说。相传有一老僧，在此救过不少遇难者，后人为纪念他，建此亭。

抱柱联为：

三界湖光千秋水；
一路山色半亭风。

此联意指让人回归自然，享受生活。

另有来鹤亭。清代常熟钱陆灿所作的《来鹤庵志》曾记载：顺治十三年（1656 年）秋，空中一鹤飞至此，或翔或栖，数日而去，以此命名。来鹤亭有副对联：

晓日东田去；
烟霄北渚归。

这正是对此地景色的最佳描述。

另还有两联，分别是：

碧落有情应张望；
瑶台无路可追寻。

人到半山闲看鹤；
客来联村喜听鹂。

"鹂"，鸟名，指黄鹂，与"鹤"对仗。全联通俗易懂，写尽田园风光。

顺状元路一路上山，山顶有处建筑为岚光阁，门前有抱联一副，由无锡市书法家肖平先生所书：

青山依旧临三界；
红树相传说六朝。

"红树"，指顾山红豆树，相传为南朝梁昭明太子所植。红豆树树高 10 米，冠荫周围 50 米，每年 5 月 1 日左右发芽，13 日至 20 日开花。秋时子熟，10 月采摘。其叶如槐，其荚如豆子，大若芡肉，形如心房，颜色呈殷红微紫。古人以为它是相思的象征，故名"相思子"。

红豆集团

红豆集团初创于 1957 年，现有员工近 3 万名，经营领域从最初的针织内衣生产，发展到纺织服装、橡胶轮胎、红豆杉大健康、园区开发四大领域，列中国民营企业 500 强。集团有 10 多家子公司，包括红豆股份（代码：600400）、通用股份（代码：601500）两家主板上市公司，在美国、新加坡、西班牙、缅甸、泰国等国设有境外分支机构。在柬埔寨联合中柬企业共同开发了占地 11.13 平方公里的西哈努克港经济特区，成为"一带一路"的样板。

红豆集团注重企业文化，2001 年 12 月 20 日，红豆集团举办了向全国征集马年"神州第一联"的征联活动，吸引了全国广大春联创作爱好者纷纷参与。短短一个月内，共收到来自 30 多个省市及港澳台同胞的信函、电子邮件、传真稿 50709 件，应征春联作品超 50 万副。经中华诗词学会副会长刘征、中国作协名誉副主席张锴、中国作协书记处书记高洪波担任评委主任的评委会，本着公正、公平、公开的原则，进行两轮筛选，最后评出一等奖 1 个，二等奖 5 个，三等奖 10 个。

获奖楹联摘选如下。

一等奖，河北董志强题：

国喜金蛇龙腾入世；
民欢赤兔马到成功。

此联扣题，畅达。上联写的是 2001 年蛇年中国发生的巨大变化；下联写的是对 2002 年马年中国发展的展望。又把"赤兔马"商标巧妙嵌入其中，契合了主办方的意愿。且此联对仗工稳，字字相对，十分严谨。

二等奖，江苏葛洪万题：

才放小龙飞，又催千里马；
再闻赤兔动，已过万重山。

此联素材运用巧妙，对仗工整，尤其下联更见作者才情，而且春节的气息也很浓郁。另外，此联采用了流水对的手法，上下联一气呵成。

二等奖，安徽聂培题：

　　　　绿染江南，赤兔马开三阳泰；
　　　　人思红豆，玉蛟龙舞四时春。

　　此联文采斐然，对仗工整，构思巧妙，用典恰到好处，富有春的气息，足见作者深厚的文学功底。

　　二等奖，福建姚金生题：

　　　　入世握商机，喜仗天时催快马；
　　　　创新迎挑战，敢凭赤兔越雄关。

　　该联对仗工整，构思精巧，时代感强，上联中的"喜"字符合春联喜庆的特点。

　　二等奖，广东罗英虹题：

　　　　赤兔非凡马，敲骨带铜声，四海征程开骏业；
　　　　青阳起卧龙，点石成金玉，三吴子弟擅奇功。

　　该联文采盎然，气势恢宏，用典多而不赘，足见作者非凡的才情和深厚的创作功底。

　　二等奖，广东廖连娇题：

　　　　谁家作大块文章，看龙头起舞，赤兔腾欢，群情奋发，伟绩骄人，昂首共返春天故事；

红豆辅宏篇画卷，喜马步生风，青云得意，骏业兴隆，精神贯日，称心同迈世纪新程。

此联气势磅礴，动感十足，作者用生花妙笔展现了春节的喜气、红豆集团的勃勃生机。

时隔二十年，红豆集团在 2021 年 3 月再次举办了"红豆情·颂党恩"诗词楹联大赛，向海内外广大联家征集诗词楹联作品。征联活动收到了海内外联家踊跃投稿近万副，经江苏省楹联研究会等专家老师的评审，10 副等级奖作品脱颖而出。这些作品无论思想性、艺术性都不乏上乘佳作。摘选如下：

一等奖 4 副。

河北赵瑞刚题：

红豆寄深情，欣迎党建百年，民圆一梦；
霓裳旋大幕，直播我和祖国，诗与远方。

二等奖 3 副。

安徽钱继和题：

百载华章，阅读从头，心潮波动南湖水；
千秋大业，践行到底，梦想花开中国风。

宁夏张孝华题：

风雨百年，江河万里，使命比山还要重；
白莲品质，翠柏精神，初心如豆一般红。

江西刘新才题红豆集团七夕节：

天边蟾月，江上荷灯，动无数心旌，直看银河飞喜鹊；
南国诗怀，东方神韵，是千秋情结，须知红豆胜玫瑰。

三等奖6副。

江苏薛太纯题：

红豆总关情，关乎寒、关乎暖；
初心长在抱，在于国、在于民。

山东马瑞新题：

一枚红豆种相思，教玫瑰逊色，誓语缠绵，真心不向人间老；
千里银河舒望眼，愿天地多情，星光浪漫，好梦常从月下圆。

山西侯广安题：

仰瞻北斗，轻踏东风，港下驰来千里马；
红豆燃情，金针得意，指尖织出万家春。

河南葛永红题：

一豆赋深情，染红于摩诘诗中，相思树下；
百年臻大爱，追梦在康庄路上，时代潮头。

江西张绍斌题红豆七夕节：

承千年名句，掌上捧来，红豆传情尤隽永；
为七夕佳期，枝头采下，丹心着意共团圆。

山东张文静题红豆集团联：

守正创新致远，强民族品牌，百年骏业恰如火；
担当责任情怀，锻锤镰风采，一片初心不改红。

原江苏省建设厅厅长、江苏省楹联研究会会长周游先生，关心红豆集团的发展，关心家乡建设，特为红豆集团董事长周海江先生题联：

红豆续传奇，梦逐九州，声蜚四海；
青春书奉献，心祈一愿，民惠万家。

"续传奇"，指红豆集团原为周海江父亲周耀庭创建。"青春书奉献"，指周海江先生深造后毅然返乡，为红豆集团谋发展。

慈云禅寺

慈云禅寺位于东港镇东湖塘东升路，前身为东湖塘古马寺。据记载，古寺始建于元朝，已有 700 多年历史，古寺规模颇大，香火极盛，原有一匹象征寺名的"古马"像，塑立于庙堂前厅。该寺在 1958 年被移作他用，仅留几间供信众修行的房屋，后被称为茅柴庵。1995 年，更名为慈云禅寺。2008 年异址重建。2011 年 12 月 18 日，东港镇慈云禅寺隆重举行天王殿落成暨佛像开光法会。寺中楹联林立，在无锡实属罕见。

进慈云禅寺，可见一座两层三门四柱石牌坊，正面正中石柱镌刻一联：

> 慈悯众生，劝善因善果；
> 云悲佛性，缘度厄度劫。

"云悲佛性"，指的是释迦牟尼开悟时感叹的第一句话："善哉，善哉，大地众生皆有如来智慧德相，只因妄想执着不能证得。""云悲"，"云"是"说"义，"悲"是"感叹"义。

石牌坊背面正中石柱也镌刻一联：

> 明悟一念，率真参因果；
> 琛藏万法，修性证菩提。

"菩提"，佛教用语，意译为"觉"，指断绝烦恼后而成就的大智慧。

天王殿，内供弥勒佛、韦驮及四大天王，故称天王殿。门楼檐廊正中悬抱联：

> 法云迎地，面向未来，入山门首参弥勒；
> 慧日光天，心萦兜率，随海众三会华林。

"兜率"，是即将修证成佛前所居住修行的地方，又叫兜率内宫。"海众"，指很多修行人聚集在一起。"华林"，原指茂美的林木，这里专指弥勒佛说法时庄严的场所。

侧一联：

> 登宝林悉殖菩提种；
> 入山门咸资般若光。

"悉"，意谓全部，尽其所有。"咸"，同"悉"，都、普遍之义。"资"，意谓供给、资助，引申为得到。"般若"，为佛教用语，指通达诸法性空的智慧，佛教认为般若智慧非世俗人所能取得，是成佛必需的特殊认识。

前柱悬抱联：

> 竹径幽深，慧日照三千世界；
> 道台清静，祥云复四大部洲。

"三千世界"，是佛教用语。文献记载，一千个小千世界，叫作"中千世界"；一千个中千世界，叫作"大千世界"。一个大千世界，因为它里面有小千、中千、大千，我们称作"三千大千世界"，而三千大千世界为一个佛国土的世界。"四大部洲"，又称四洲、四大洲、四天下，是佛教所认为的我们这个世界的构建。四大洲，分别为：东胜神洲、西牛贺洲、南赡部洲、北俱芦洲。

后柱韦驮座前抱联：

宝月昙花，三竺频开莲界；

降魔护法，十方共仰金身。

此乃佛教著名通用联。"三竺"，是指浙江杭州灵隐山飞来峰东南的天竺山，有上天竺、中天竺、下天竺三座寺院，合称"三天竺"，简称"三竺"。三竺有三寺，分别为：上天竺法喜寺、中天竺法净寺、下天竺法镜寺。它们分别建于五代、隋代及东晋年间，是杭州著名的佛教寺院。

天王殿门楼西前侧为财神殿，殿前门口檐廊悬抱联，是中国楹联学会会员、邑人朱明华先生于2011年撰，并由无锡市东湖塘实验小学退休老师周源裕书：

慧日佛普，五路财神生紫气；

慈云净土，八方福泽拂清风。

"佛普"，指的是纸钱锡箔等焚化器物堆在一起。"五路财神"，是汉族民间普遍信奉的神灵，分别为赵公明及其四位义兄弟或部将。

大雄宝殿门口檐廊正中抱联：

慧日朗诸天，圆辉宝相；

慈云垂大地，净扫尘根。

此乃佛教通用常见联。"慧日"，指佛光普照如太阳般灿烂。"尘根"，"根"指众生所有的六种感觉器官：眼、耳、鼻、舌、身、意；"尘"是染污的意思，与六根相接，能染污净心，产生烦恼，即色、声、香、味、触、法六种。

大殿内中前柱抱联为：

> 梵宇庆重光，接引莘莘善信；
> 经声开觉路，仁看朗朗乾坤。

"梵宇"，指佛寺，"梵"为印度哲学用语，汉译为寂静、清静，后专指佛教用物，如佛教音曲叫梵音，等等。"重光"，指重新复兴。

两侧抱联：

> 宝相现如来，因证菩提空五蕴；
> 金身观自在，虔修般若悟三乘。

"五蕴"，是佛教理论中比较重要的组成部分之一，其主要理论是关于人体和身心现象都是由什么要素构成的。佛教认为世间一切事物都是由五蕴和合而成，一个人的生命个体也是由五蕴和合而成的。五蕴指的是：其一，色蕴。色并不是指女色，也不是指欲望，而是指组成世界的物质。在佛教之中，色就是指一切有形态、有质感的客观存在的物质的聚合，相当于现在人们所说的物质现象。其实往深来讲，这色蕴又包括了地、水、火、风等四大物质因素，就是所谓四大皆空的"四大"。其二，受蕴。所谓受蕴，用一句成语来解释就是"感同身受"。受其实就是指人体的感官与接触外物所生之感受或情感等，比如听觉、嗅觉，这些都是属于受蕴的范围，佛教中的感应也是属于这一部分。其三，想蕴。所谓想蕴，就是通过受蕴，对外界事物产生的感觉进行分析而得到的知觉和表象。其作用类似于我们的大脑，主要体现出一个人的知觉和思想力如何。其四，行蕴。所谓行蕴，就是通过对外界事物的认识而产生的行动意志。通过想蕴，自己自发地做出反应，比如你觉得那家饭店的东西很好吃，所以就过去吃了。其五，识蕴。识蕴主要指人的意识作用，让我们学会分析事物，学会感悟，识别真谛。"三乘"，在佛教中解释为三种交通工具，运载众生渡越生死到涅槃彼岸之三种法门。

侧边还有两副抱联：

我相、人相、众生相、寿者相，有相皆虚妄；
慈心、悲心、欢喜心、施舍心，无心即佛陀。

这副充满佛理之趣联，也是寺院传统通用联。

祥云缭绕，利乐有情，四八大愿度众生；
法雨缤纷，庄严佛土，三千世界济含识。

此联也是寺院传统通用联。"四八"，指阿弥陀佛所发的四十八种大愿心。"含识"，原指含有情识的，这里泛指芸芸众生。

后柱观音法座前悬抱联：

慈航超彼岸，以自在力显大神通；
甘露洒诸天，现清净身说平等法。

此乃观音法座前通用联。

殿后檐廊也悬有 2012 年所制抱联：

海岛弘扬无量法；

慈航普度有缘人。

这是为观音菩萨定制的通用联。

卧佛殿檐廊有一副抱联：

谛观如来相好庄严；

勤修普贤广大行愿。

"谛观"，审视，仔细看。

殿内"唯吾独尊"匾额两侧，悬有圆瑛大师所撰之《佛教楹联大全》中联：

千嶂云山凭我隐；

五湖风月有谁争。

后还有一联：

今兹以往，生分已尽；

天上地下，唯我独尊。

据说释迦牟尼出生的时候说了一句话："天上天下，唯我独尊。""我"字，并不是单指释迦牟尼本身，而是指的人类本身。这句话的正确解释应该是：人在宇宙中是顶天立地的，每一个人自己都是佛。

二楼卧佛两侧有副充满佛理的佛教常用之抱联：

愿将佛手双垂下；
摸得人心一样平。

药师殿檐廊也悬抱联：

拔除苦毒妙施药；
化导顽愚普做师。

此为药师殿嵌名通用联。

药师殿内悬抱联：

内脱身心，外遗世界；
上求佛果，下化众生。

这也是佛教题写诸圣众的通用联。

地藏殿檐廊悬联：

普救苦厄，法威动天地；
渡尽众生，慈悲泣鬼神。

地藏殿内也悬一联：

妙相庄严，普摄庶类；
悲心恻怛，广度群萌。

观音殿门口檐廊前悬联：

十方界内，所有众生皆蒙释尊，慈悲光照；
六趣道中，唯幸人类多被教主，度脱苦轮。

"六趣道中"，为佛学术语，简称六道，又作六趣，即众生各依其业而趣往之世界。六道即地狱道、饿鬼道、畜生道、修罗道、人道、天道。

后一联：

非善修身，岂为传名后世；
念经顶礼，惟思延福他人。

此联也是佛教界传统通用联。
"佛光百照"匾额前两侧檐廊抱联：

宝殿现金身，梵韵唱荣青草地；
佛门开觉路，钟声响彻碧云天。

此乃佛教通用联。

方丈室名法缘堂，堂内正中抱联：

离苦海，经书作渡；

登天堂，佛法为津。

此联也是佛教界较著名的通用联。

门口抱联：

彼岸先登，终成正等妙圆觉；

法轮常转，大发慈悲喜舍心。

此乃蕴含佛教妙义哲理的通用楹联。"法轮"，可以译作正法之轮。轮是佛教词汇，在古印度，"轮"既是一种农具，也是一种威力无比的武器，佛教借用"轮"来比喻佛法无边，一切的邪恶思想无不为其摧破。"慈悲喜舍"，指佛教的四种广大利益他人的心，又叫四无量心。"慈"，慈心、善心，是予乐。"悲"，拔一切众生苦。"喜"，把心柔软下来，见善行生欢喜。"舍"，能提得起，也放得下，不执着，不起爱憎。

堂内正中抱联：

发菩提心，亲证教理行果；

演大乘法，自明显密实权。

"教理行果"，佛教三宝中法宝的分类，一般称为四法宝，指能诠的言教、所诠的义理、能成的修行、所成的证果。依教而诠理，依理而起行，依行而证果。"显密实权"，"显密"即显宗和密宗，是佛教两种不同修学的方式；"实权"指佛法的两种教法。权教为小乘说法，取权宜义，法理明浅；实教为大乘说法，显示真要，法理高深。

后墙柱上有副抱联：

万法皆空，只认心中乾坤正；
一尘不染，福佑苍生日月长。

2013年11月24日，禅寺举办明琛法师升座庆典活动，方丈室两侧悬挂各地佛教界人士的贺联，其中有：

慈航法相，指点迷津普度众生；
云台梵音，佛缘无边同创和谐。

明月高悬，清静无为悟禅理；
琛智修炼，志在佛门醒我心。

"琛"，字义为珍宝，在此是指明琛法师的智慧。慈云禅寺住持为明琛法师。此为嵌名联。

明珠藏识海常住；
琛赆慈悲心布施。

"藏识"，佛教用语，法相宗"八识"中第八识"阿赖耶识"的意译，谓含藏一切善恶因果种子之识。"琛赂"，其实是"琛珞"，同"璎珞"，泛指财物。

> 拊掌笑春风，丈室间中空世界；
> 抬头看夜月，九霄高处照禅心。

此联是梁溪白夜谷风敬贺。

> 闲渡溪桥，踏月僧归云满袖；
> 静参法界，谈经人至雨飞花。

此联是南禅寺能开法师敬贺。

> 明心见性，堪作人天狮子吼；
> 琛瑞坐寰，不愧三界象王尊。

此乃常州天宁、九华两寺大众敬贺。"狮子吼"，佛教名词，语出《维摩诘所说经·佛国品》："演法无谓，犹狮子吼，其所讲说，乃如雷震。"其代表的是"如来正声"，能降服一切外道。"象王"，为佛教名词，喻佛或菩萨。《涅槃经》卷二十三："是大涅槃，唯大象王能象其底。大象王者，谓诸佛也。"

> 明心见性宣般若；
> 琛物法藏证菩提。

此嵌名联为惠山寺玉平率两序大众敬贺。

　　巧把尘劳作佛事；

　　若行方便度群生。

此联是东亭祇陀寺本智法师率两序大众敬贺。"尘劳"，为烦恼之异称。因烦恼能染污心，犹如尘垢之使身心疲惫。佛教徒将世俗事务的烦恼称作尘劳。

慈云禅寺内约有楹联 70 副，虽大多为寺院成联，但也不乏古人佳作，如此丰富多彩的楹联佳作，在寺院中也不为多见。

万寿庵

万寿庵位于锡山区东港镇东升村下庄自然村。该庵建于明代，现存建筑为晚清时期重建，共有二十余间。另有古银杏一株，古石碑两块：其一为宪仰谕禁碑，高 150 厘米，宽 61 厘米，文 26 行，满行 43 字。清道光二十四年（1844 年）五月立，为剿匪禁丐而立。其二碑首篆额"奉宪勒石遵守"，高 182 厘米，宽 64 厘米，文 19 行，满行 50 字。清光绪二十年（1894 年）十月，为调解当地抗旱夺水纠纷而立。庵内还存有香亭等珍贵文物，是无锡乡镇遗存的宗教旧迹之一。

庵中仅有一副抱联，在如来座前"佛日增辉"额两侧柱上：

乍爇炉香，信仰虔诚观自在；

参禅莲座，皈依入定见如来。

此联为寺院通用联。

福慧寺

　　福慧寺原名积庆寺，始建于明代，距今已有 600 余年的历史。"文化大革命"期间，积庆寺遭毁。改革开放后，党的宗教政策进一步落实，时任汤村实业公司总经理的善信陈尧祥先生与夫人蒋月英女士，携其家人陈南飞、阚伟东、陈小燕等，多方筹措并出资，经政府批准，终于 2002 年开展一期工程，以老庙基为基础，重建大雄宝殿；乡邻民众，也随缘乐募。历任中国佛教协会咨询委员会副主席、无锡市佛教协会会长、无锡市祥符禅寺方丈的无相法师建议寺院更名为福慧寺，寓意"福慧双增、福慧圆满"，并希望新落成后的寺院弘法利生、广行其善，福报和智慧并重，犹如物质文明建设和精神文明建设齐头并进。2009 年 5 月，觉顿法师携众应邀来到福慧寺，主持寺院工作，10 多年来对寺院进行了重新规划和建设。截至 2021 年，寺院已建成大雄宝殿、观音殿、地藏殿、念佛堂、五观堂、僧寮、居士寮等。福慧寺现占地面积 1.8 万多平方米，建筑面积 2 万平方米。整个建筑风格恢宏、巍峨、庄严，浑然一体，气势非凡；佛教塑像活灵活现，栩栩如生。常住僧众广施法雨，以"晨钟暮鼓"为大众祈福纳祥，如今吸引了北京、上海、杭州、南京、常州、苏州、广州、西安等八方信

东港楹联

众。寺院东南角两株 500 多年树龄的银杏树，相依见证并诉说着寺院的历史岁月，也秉授天地之气、日月精华，福佑周边乡邻。

大雄宝殿正门前联：

现身净饭，国中九有四生，同尊慈父；
说法灵山，会上十方三世，共仰能仁。

"净饭国"，即古印度的多个国家之一，迦毗罗卫国。2500 多年前的四月初八，释迦牟尼降生在这个世界，出生为该国的太子，名悉达多，他父亲为迦毗罗卫国的国王，号净饭王。"九有"，指一切欲界、色界、无色界有情所居之九地，即三界中有情乐住之地处凡九所，名曰九有情居，略云九有。"四生"，有情众生的四种出生方式：胎生、卵生、湿生、化生。这四生代表一切凡夫众生的生命形态。"十方"，指东方、南方、西方、北方、东南方、东北方、西南方、西北方、上方、下方，统指一切空间。"三世"，指过去、现在、未来，统指一切时间。《增一阿含经》卷四十八："沙门瞿昙恒说三世。云何为三？所谓过去、现在、将来。"又说："云何过去世？若法生已灭，是名过去世。云何未来世？若法未生未起，是名未来世。云何现在世？若法生已未灭，是名现在世。""能仁"，"释迦"之意译，意思是释迦牟尼，意为有能力与仁义的智者。

后联：

示生世间八十年，度有情超脱轮回，故感天龙常拥护；
云迹阎浮千亿番，说妙谛振聋发聩，致令法界尽归宗。

"阎浮"，阎浮提，即南赡部洲，位于须弥山之南，人类所生存的世界。"法界"，"法"泛指宇宙万有一切事物，包括世出世间法，通常释为"轨持"，即一切不同的万事万物都能保持各自的特性，互不相紊，并按自身的规则，能让人们理解是什么事物。"界"，即分门别类的不同事物各守其不同的界限。

左右边侧：

> 大觉世尊讲经说法，阐明真谛理；
> 九界众生法喜充满，仰止沐佛恩。

"世尊"，佛陀十种德号之一，《四十二章经》："尔时世尊既成道已，作是思维。"佛无论在世出世都尊贵，所以叫"世尊"，别号又称"三界独尊号"。"九界"，指十法界中之九界，即地狱、饿鬼、畜生、阿修罗、人间、天上、声闻、缘觉、菩萨。

大雄宝殿内有金属质大型抱联两副，正中前柱一副为：

> 拈花微笑遍圣意，恭敬心生是天机；
> 凡心众生不知会，抬头望月还指西。

这是一首偈子。

"拈花微笑"，即灵山会上世尊拈花不语，迦叶破颜微笑的典故。"恭敬心"，指具有谦恭敬重的心态，即低位恭敬态。恭敬心是悟性显发的重要基石之一。印光大师曾说，佛法从恭敬中求，一分恭敬，一分利益；十分恭敬，十分利益。"望月还指西"，《圆觉经》云："修多罗教，如标月指，若复见月，即知所指，毕竟非月。"可见月是比喻自性的。指月已非真，何况所指非月？

两侧还有一副：

> 钟声传法界，无量众生登宝筏；
> 梵宇庆重光，十方善信增福慧。

"宝筏"，佛教语，比喻引导众生渡过苦海到达彼岸的佛法。"梵宇"，指佛寺，唐代宋之问《登禅定寺阁》诗："梵宇出三天，登临望八川。"

东侧观音殿正门一前联：

> 普门广大遍法界随类化生；
> 悲愿宏深尽尘刹示声救苦。

"普门"，佛教语，谓普摄一切众生的广大圆融的法门。"尘刹"，佛教语。"刹"，梵语中指国土，"尘刹"即指微尘数的无量世界。

后联：

> 现在示菩萨常现卅二应身；
> 过去是如来具足无边功德。

"卅二应身"，"应身"即化身，此云菩萨三十二种化身。《普门品》云众生应以何身得度，菩萨即化何身而为说法。

左右边侧前联：

廿五有同生景仰，万邦有感万邦灵；

　　十二愿普济群萌，千处祈求千处应。

　　"廿五"，即"二十五有"，也就是众生因种种业而产生的二十
五种可能的生命形态的果报。众生因为被无明枷系生死柱，在行
为上造了很多的业，所以不能脱离二十五有。在欲界有十四有，
在色界有七有，在无色界有四有，总计有二十五有。"群萌"，指
众民、百姓。

　　左右边侧另有一联：

　　安住寂光分无量，身度群迷；

　　游化尘刹摄念佛，人归净土。

　　"寂光"，佛教语，是"常寂光土"的略称，指诸佛如来法身所
居之净土。"净土"，佛教语，指圣者所住之国土也。无五浊之垢
染，故云净土。

　　西侧地藏殿正门前联：

　　忉利会上，集无量分身，亲授佛嘱；

　　九华峰巅，展一衣覆地，永留真迹。

　　"忉利会上"，指释迦牟尼在忉利天为母说法。"九华峰"，唐时
新罗国僧人金乔觉来九华山修行，据传其为地藏菩萨的化身。"一衣
覆地"，地藏菩萨化身金乔觉向闵公化缘一衣之地，不料僧衣覆盖了
整座九华山，后闵公皈依了菩萨，其子出家为菩萨的侍者。

西侧地藏殿正门后联：

醒世度人，承佛恩力演法雨；
持杖执珠，运宏誓愿布阳春。

"持杖执珠"，拿着锡杖和明珠，此二物传说是地藏菩萨法器。"杖"，指锡杖，原本是僧人所持的法器，除了代表正法，也有许多实用功能，比如辅助行走、驱散蛇虫鼠蚁，化缘时可以摇晃锡杖代替叩门。地藏菩萨手持锡杖，能够震开地狱之门，解救地狱众生脱离痛苦，同时，锡杖发出的声音也有警醒沉沦众生之意。"珠"，指宝珠，地藏菩萨手中的宝珠非常的纯净耀眼，是非常珍贵的稀世珍宝，同时也是戒、定、慧所凝结而成的宝物，这个宝珠叫作摩尼宝珠、如意宝珠。宝珠光明能够遍照虚空法界，光摄一切众生，离苦得乐。

地藏殿檐廊下立柱也有一联：

成熟众生圣果，悲心广大遍荒田；
舍藏一切善根，愿力宏深空地狱。

"圣果"，依圣道所证得之果报。"善根"，产生诸善法之根本，即无贪、无嗔、无痴。

地藏殿檐廊下立柱另一副前联：

地狱即空众生，有尽愿无尽；
人伦最贵孝道，圆成佛自成。

"地狱"，据北传梵语系佛教（汉地及藏地）所说，地狱为六道之一，轮回者根据其业力而往生此道。地狱有情（生命）所受罪报虽然漫长，但亦有轮回转世机会，到时会再根据其业力决定下次往生界别。而地藏菩萨，专门救度地狱众生。"愿无尽"者，前来发起无上大心，故今成满无尽大愿也。这里指赞扬地藏菩萨大愿，即使众生都已度尽，而菩萨的愿没有穷尽。"人伦"，人与人之间的道德关系。人有五伦：父子、君臣、夫妇、兄弟、朋友。父子有亲，君臣有义，夫妇有别，长幼有序，朋友有信。佛教中的"孝道"分为三个等级：其一，父母在时，供给饮食、衣物、被褥，使其安享晚年，死后如礼安葬，尽到为人子的生养死葬之责任，称为小孝；其二，在小孝的基础之上，倘若能够成就一番丰功伟业，使父母感到荣光，称为中孝；其三，接引父母，令入佛智，免于苦海挣扎，是为大孝。"孝道"又是一切道德的根本，所有的教育（圣贤教育）从这里开始，把孝道做到圆满，就是成佛了。"圆成"，佛教语，成就圆满。

　　念佛堂大楼中门联：

　　　　教主广长舌，开示群萌出娑婆；
　　　　慈尊垂宝手，接引众生归极乐。

　　"教主"，指娑婆世界教主释迦牟尼。"广长舌"，佛的三十二相之一，舌广而长，柔软红薄，能覆面至发际。此相具有两种表征：一为语必真实；二为辩说无穷，非余人所能超越者。"慈尊"指西方极乐世界教主阿弥陀佛。

侧联左：

莲池会启一音，圆演三千界；
普宗门开万类，尽摄九品莲。

"莲池会"，世尊演说净土法门的会座。"三千界"，即三千大千世界。"九品莲"，莲花在佛教当中有非常重要的地位，九品莲花指往生的人有九种的品类，所以所托生的莲花叫作九品莲花，即九品往生。

侧联右：

相逢一笑皆知己；
都是莲邦会里人。

"莲邦"，即西方极乐世界。

念佛堂南门：

入此门来当念佛；
行此路去莫忘西。

"念佛"，念兹在兹地挂念阿弥陀佛，求佛接引往生西方极乐世界。

念佛堂北门：

一心求出苦娑婆；
全力阐扬净土门。

"娑婆"，是梵语的音译，意为堪忍，也就是说这个世界的众生忍苦的能力相当强。根据佛教的说法，世人所在的世界被称为娑婆世界。"净土门"，即净土法门，以求生西方，蒙佛接引往生西方极乐世界、往生成佛为目标的佛教修行体系。

念佛堂四楼常寂光门：

阿弥陀佛光中极尊佛中之王；

念佛法门三根普被殊胜至极。

"念佛法门"，这里指净土法门。"三根"，人的素质良莠不齐，在平日里，我们都是把人分成聪明人和笨人，但是佛教却认为，人的分类，应该是用根性来划分，有上等根性的人，闻即信受，得道迅速；中等根性的人，考察良久，勤修得道；最后一种人是下等根性，难以信受，勤修未必得道，但是因为今世的修行，或许下一世可成中等根性，也说不定直接就是上等根性。"三根普被"，指上根、中根、下根这三类人都适用。

四楼实报庄严门：

九界众生离求生净土，上不能圆成佛道；

十方诸佛舍念佛法门，下不能普利群萌。

善导大师云："释迦所以兴出世，唯说弥陀本愿海。"娑婆世界的众生若不依靠阿弥陀佛愿力接引往生西方，自己很难修行到脱离生死轮回的程度。

四楼凡圣同居门：

> 弥陀愿令众出离九界含识信愿行共登觉岸；
> 求生心蒙佛接引十方诸佛广长舌同赞不虚。

"含识"，谓有意识、有感情的生物，即众生。"信愿行"，往生净土的三资粮。

同福寺

同福寺位于无锡市锡山区东港镇东升村，距无锡市区 20 公里。东升村与江阴、张家港毗邻，沪宁高速贯穿其中，交通十分便利。

同福寺古称观音殿，距今已有 200 多年的历史。它历尽沧桑，代有废兴。1994 年，在各级党委、政府关心下，启动重建同福寺。目前，该寺占地面积为 40 亩左右，寺内各种名贵树木花草与殿宇相映成荫，是远近闻名的园林化寺庙。寺正门前有中国佛教协会原副会长茗山长老题写的寺名，寺前山门高 18 米，宽 26 米，气势雄伟壮观。现有山门、天王殿、大雄宝殿、三圣殿、宝塔、长廊、放生池、药师殿、五观堂、观音殿、地藏殿、居士楼及生活用房等建筑，黄墙乌瓦，花木相映，既有园林之秀美，又有佛寺之庄严，得景之妙，无与伦比。

同福寺大雄宝殿仅有三联，其中大雄宝殿门口檐廊抱联为：

> 佛光普照，九州康泰；
> 法智圆明，四海升平。

两侧也有一联：

> 慧日红艳耀三界；
> 梵音妙明飞十方。

2009 年 10 月，无锡思唯特工程建设有限公司向该寺天王殿敬献一副抱联，此联由无锡市吴学研究所顾问张金海撰，邑人辛德甫书写。

殿内还有一联：

> 功德庄严，历千劫而不古；
> 身心圆妙，偕万物以同春。

五观堂檐廊下有一抱联：

> 五叶花光丛法宝，
> 十方饭颗惜珍珠。

"五叶花"，佛门的标志，具体所指就是莲花。佛教本有一花开五叶的典故。据闻佛教传入我国后，禅宗以达摩为祖，称"一花"；后随着发展演变而成了五个流派，分别是沩仰、临济、曹洞、法眼、云门，称"五叶"。对联的意思是诚勉所有的佛子，要想求得真正的法宝，都得防微杜渐，从小事做起，如珍惜粮食。

五观堂内部戏台两侧有一联：

世间唯有修行好；

天下无如吃饭难。

二楼地藏殿内有一联：

现慈悲法身多方济渡；

作广大教主到处津梁。

云林楹联

云林街道紧邻 G312 国道、锡沙公路、沪宁高速无锡东出入口，友谊路、团结路贯穿全境，南临九里河，北依锡北运河，兴塘河环带东西，向东直达无锡高铁东站，交通便捷，区位优势明显。

云林是一片古老又神奇的土地，人文荟萃，底蕴深厚，是中国非物质文化遗产——吴歌的发源地。始建于南北朝的祇陀寺，是南朝四百八十寺之一。这里是唐朝宰相、诗人李绅的家乡，其名句"四海无闲田，农夫犹饿死""谁知盘中餐，粒粒皆辛苦"被千古传诵。这里也是元代大画家倪瓒的故里，其传世名作《六君子图》乃稀世之宝。本地的命名，即由倪瓒之号——"云林"而来。

云林是乡镇企业发源地之一。 20 世纪 50 年代，这里诞生了中国最早的乡镇企业——春雷造船厂，以此为发端，掀起了乡镇企业异军突起的燎原之势。如今，当地在春雷造船厂原址上建成了中国乡镇企业博物馆，保留了珍贵的历史文化遗产。

云林是块红色的土地，人才辈出，是包厚昌、陈凤威、张卓如等老一辈革命家生活、战斗过的地方，有着丰富的红色文化资源。云林孕育了我国现代儿科医学奠基人诸福棠，"人老声不老"的吴歌大王钱阿福，新中国培养的第一代飞机总设计师马凤山等名人志士。

中国乡镇企业博物馆

中国乡镇企业博物馆位于无锡市锡山区东亭中路 111 号，总占地面积 5.7 万平方米，建筑面积 1.01 万平方米，整体建筑为粉墙黛瓦的江南民居风格。中国乡镇企业博物馆（以下简称"乡博馆"）于 2008 年由农业部批复筹建，是全国唯一收藏乡镇企业发展历史各阶段文史资料和文物的博物馆，主展区约 4570 平方米，记录了乡镇企业萌芽、崛起、转型的发展历史，于 2010 年 7 月正式开馆。乡博馆室外展区为我国第一家集体性质的社队工业春雷造船厂旧址，现存船坞五座。2011 年 12 月，乡博馆被评定为江苏省文物保护单位，它是 20 世纪重要的工业遗产，也是乡镇企业萌芽的印证。

2022 年底，在无锡县实行"一包三改"40 周年、中国改革开放 45 周年之际，乡博馆展厅启动全面迭代升级，于 2023 年 5 月焕新开放。焕新后的乡博馆室内主展区依次由"序厅——勇立潮头""创业之路""名动华夏""四千四万精神之光""思想引领""时代之巅"等篇章组成，主要展示我国乡镇企业的历史进程、伟大成就和成功经验，呈现出弥足珍贵、广为人知的"四千四万"（踏尽千山万水、吃尽千辛万苦、说尽千言万语、历尽千难万险）精神，为新时代中国企业贯彻改革开放、守正创新发展、做大做强做优提供了精神支撑、经验启迪。此外，乡博馆正按照"一馆一中心五片区"的整体格局，推进船坞遗址活化利用改造、新建"四千四万"精神体验研学中心、排演沉浸式小剧场《陌上万千繁华开》

等项目，同时与复旦大学研究院合力塑造"春雷商学"特色品牌，从而将中国乡镇企业博物馆打造成为一个可展览、可体验、可运营的"四千四万"精神赓续地和文化综合体。

乡博馆有题联多副：

江苏省楹联研究会会长周游贺无锡县荣获"华夏第一县"之誉：

> 梦逐高天，张开云翼；
> 山登绝顶，矗起锡峰。

周游题中国乡镇企业博物馆：

> 发轫江南，千难万险何曾悔，创业创新，乡镇异军腾虎步；
> 励行天下，万水千山犹等闲，更强更快，中华大业展宏图。

江苏省楹联研究会副秘书长薛太纯题中国乡镇企业博物馆：

> 乡镇开苏南模式，企业逢春，一花引得万花秀；
> 精神振天下农民，壮心改史，卌载已成千载功。

江苏省楹联研究会顾问刘建平题中国乡镇企业博物馆：

> 甘受世间苦，筚路群行，三农旗帜辉前景；
> 敢为天下先，鳌头独占，万镇标杆傲后人。

江苏省楹联研究会副秘书长卜用可题中国乡镇企业博物馆：

游一馆而生钦佩，从田原到工厂，几代传薪，趟开乡企峥嵘路；

叹三农亦有勇谋，抓机遇求发展，五洲瞩目，捧出辉煌经济图。

仓下中学

无锡市仓下中学坐落在唐朝诗人李绅、元末明初大画家倪瓒的故里——云林街道。1952年，由仓下、云林、杨亭和关泾四乡共同办学，校址即在祇陀寺。后屡经变易，2001年定名为"无锡市仓下中学"，沿用至今。校内存有原祇陀寺古迹：飞虹桥、香花桥、舍利塔残身、放生池，以及古银杏及古黄杨各一棵（二树均有数百年历史）。前几年，校内重建文昌阁、鞋渡桥。

校园建筑特色鲜明，古色古香。牌坊石柱、亭台楼阁、小桥流水，错落有致地点缀于葱茏林木中，各色建筑均题有相应的楹联，处处彰显学校浓郁的文化底蕴和育人氛围。

飞虹桥南新建一座四柱三门二层石牌坊，正背石柱各镌刻两副楹联，正中"爱满天下"门下为：

教研相辅终成大器；
学用并臻须做真人。

此联很好地体现了该校"教研相辅、学用并臻"的教育方针，对仗工稳，平仄相谐。

边柱一联为近代著名教育家陶行知的格言警句：

捧着一颗心来；
不带半根草去。

陶行知此言以赤子之忱表达的思想和实践，代表了近代中国先进文化的前进方向。

背面正中借用了东林书院顾宪成的一副名联：

风声雨声读书声，声声入耳；
家事国事天下事，事事关心。

启迪学生要在读书之外多接触、关心家国之事。

两侧另一联为：

重道承前，奠定根基增砥砺；
育才启后，提升境界获琳琅。

"琳琅"，指精美的玉石，比喻美好的事物。

文昌阁前檐廊门柱悬有短联一副：

抡材铭古训；
育德倚良方。

"抢材"，即选拔人才。唐刘禹锡《史公神道碑》："元和中，太尉愬为魏帅，下令抢材于辕门。"

阁内底层前柱有副抱联：

> 业精于勤，漫贪嬉戏思鸿鹄；
> 学以致用，莫把聪明付蠹虫。

上联引韩愈《进学解》语"业精于勤荒于嬉"为旨，并以《孟子·告子》"一人虽听之，一心以为有鸿鹄将至，思援弓缴而射之"为释解。下联强调"学以致用"。"蠹虫"，原指树木中的蛀虫，此处借指"蠹书虫"，又称"书鱼"，俗称"书蛀虫"，指读书人，多寓食古不化之意。

二楼"云林遗风"匾额下，中堂两侧也有一副纸质楹联，系2005年该阁重建时，由无锡丁剑林所书：

> 逸气争搻凤；
> 凌云看箨龙。

"箨（tuò）龙"，竹笋的异名。宋苏辙《喜雨》诗："时向林间数新竹，箨龙腾上欲迎秋。"联中指茁壮成长的学子。"逸气"，超脱世俗的气度。"搻凤"，即"栖凤"。

本校跨河而建，寺泾浜贯穿南北，南连云林，北接兴塘河。由鞋渡桥连接河东西，桥东是中华传统文化教育基地——德馨苑，桥塊土阜耸立二层尖顶飞檐翘角六柱的厚德亭。亭柱朝西正面有抱联：

仰思俯读，赖君治学；

蓄德求仁，看我树人。

亭北数十米为听秋轩，听秋轩源于倪瓒的清閟阁。2012 年在此设立"倪云林艺术研究会"办公室。门口檐廊有抱联一副：

半亩方塘来活水；

满园嘉树笑春风。

上联是化朱熹《观书有感》诗句而来。

轩内前柱有抱联：

风雨过耳，云霞入目，心潮早已飞天外；

诗书在手，仁义存怀，大任原来在眼前。

听秋轩后为二贤堂，是为纪念该地两位历史名人唐代李绅和元代倪瓒而建。这里是学生研习古文、诵读古诗、传承经典的专用场所，堂前正门"二贤堂"匾额前回廊悬抱联：

高士挥毫留逸笔；

名臣落墨悯农夫。

上联"高士"指画家倪瓒，下联"名臣"言诗人李绅。

堂内底柱也悬一联：

地曾偏僻，凸显双峰，可让同侪骄傲；

天自刚和，奔腾万马，方为今日荣光。

"双峰"，应指李绅、倪瓒。上联写古，下联述今。
堂西大门外回廊外柱也悬抱联：

千秋子史策勋志；

万卷诗书报国心。

"子史"，是指子部（诸子百家）和史部（史集）诸书。"策
勋"，指将功勋记于策书之上。

清閟阁

清閟阁是元代画家倪瓒家园内的一座著名藏书楼，原在祇陀寺
之侧，今寺、阁俱湮没不存。《明史·隐逸传·倪瓒》："倪瓒……
所居有阁曰清閟，幽迥绝尘。"《无锡金匮县志·古迹》："清閟
阁……列碧梧奇石，设古尊罍彝鼎法书名画，其中非杨维桢、张
雨诸人不得至。"清赵翼《灵岩山馆吊毕秋帆制府》诗："过客尚
寻清閟阁，籍官幸免奉诚园。"从这些记载可知，清閟阁无论在当
时还是在后世，都是文人墨客景仰之处，以致后人把它与明大收
藏家嘉兴项元汴（子京）的天籁阁并称，有"云林清閟，子京天
籁"之说。

倪瓒（1301年—1374年），元代画家，字元镇，号云林，无锡

云林长大厦人。倪瓒受到家庭的教育和社会的影响，养成了不同寻常的生活态度，和儒家的入世理想迥异其趣。倪瓒清高孤傲，洁身自好，不问政治，不事生产，自称"懒瓒"，亦号"倪迂"。常年浸习于诗文书画之中，一生未仕。倪瓒以水墨山水画见长，初宗南唐董源，继参五代荆浩、关同，树木兼师北宋李成，画山石创"折带皴"。晚年一变古法，以幽远简淡为宗，好作疏林坡岸、平山远水、茅屋草亭。笔法简中寓繁，似嫩实苍，气韵幽淡萧散，达到了"墨分五彩，惜墨如金"的地步。画论上创"逸笔草草，不求形似""聊写胸中逸气"等观点，与黄公望、吴镇、王蒙合称"元四家"。其画风对明清文人山水画的发展有巨大的影响。传世作品有《六君子图》《虞山林壑图》《墨竹图》《渔庄秋霁图》《梧竹秀石图》等。

倪瓒曾为清閟阁留下不少联句：

一畦杞菊为供具；
满壁江山入卧游。

此为倪瓒《顾仲赟来闻徐生病差》诗之颔联。"供具"，指供佛的香花、饮食等物品。"卧游"，指欣赏山水画以代替游览。

深竹每容驯鹿卧；
青山时与道人行。

此为倪瓒《送徐子素》诗之颈联。
民国王彝题联为：

萝挂楼台扶客上；

鸟鸣窗牖唤人来。

"窗牖"，即窗户。此联曾发表在 1937 年 4 月 10 日的无锡《人报》副刊上。

清代方西畴曾撰一联：

洗桐拭竹倪元镇；

较雨量晴唐子西。

"洗桐拭竹"，是指倪瓒洁癖的故事。据说他的庭院里有一棵梧桐树和一丛翠竹，他要仆人每天都把桐叶和竹叶擦洗一遍。"元镇"，是倪瓒的字。"较雨量晴"，推测下雨还是放晴，多指闲聊中以天气的变化为话题。南宋罗大经读北宋唐子西名句"山静似太古，日长如小年"，激赏不已，遂有"较雨量晴，探节数时，相与剧谈……"一大段议论。"唐子西"，名唐庚，北宋著名诗人。

倪瓒又为自己的书斋"萧闲馆"题一联：

松风自奏无弦曲，

桐叶新题寄远诗。

此句为倪瓒诗中一联，前二句为"已招一鹤来庭树，更养群鹅戏墨池"。

倪小迂

倪小迂（1901年—1992年），原名清和，字伯康，号龙髯，无锡云林长大厦人，系元代大画家倪瓒的二十一世裔孙。毕业于上海美术专科学校，后任同济大学附中、南翔公学、徐州女子师范等校教师。抗战期间，先后应聘在广西科学馆、中央畜牧实验所、中央地质研究所。抗战胜利后，任中央畜牧实验所模型室主任，兼江苏省立教育学院副教授。中华人民共和国成立后，曾在农业部工作，任农业科学院研究室主任。1966年退休回锡。曾任无锡市六届政协委员、中国书法家协会会员和无锡市美术协会、书法协会顾问，在无锡市政协文化组从事书画创作。

1927年，倪小迂在同济大学附中当教员。11月同济大学工科主任、德国贝伦子博士去世，11日开追悼会，会上挽联不少，倪小迂写了一副白话联悼念：

> 世界的奥妙，给你探破了，生还有什么希罕；
> 人类的智能，给你用尽了，死也有什么悲伤。

此联后发表在1927年11月17日的《新无锡》副刊版，并有注："我做挽联，不敢不愿，就事吴淞同济工科主任，德国贝伦子博士去世。本月十一日开会追悼，各同事大买文才，各撰挽词，我托他们代枪，他们摆臭架子，我便大敢大愿，做了上面一副对句。并且自说自话，在空处加上许多注解道：我是极诚崇拜博士精神伟大不朽，非生死可区界。孔老夫子说：朝闻道，夕死可矣。可见人求知之道（道即世界之奥妙，惟人类智能求之也），不妨拿死做代价。道存此生存为贵，物格知止，人生复何所希罕，故可以说：即有道，即死可矣。又可说：犹未道，即死悲矣。这种联语注解，我猜想有胡子的国文教授看了，一定要大骂狗屁不成东西呢。"联上款题：德国贝伦子博士，永远光荣。下款是：中国倪小迂不士申意崇拜。真是不拘一格。

据 1946 年 7 月 23 日无锡《大锡报》副刊版记载，倪小迂在他的一封信中写道："有一友人病亡，我致挽联。"联曰：

> 有豪侠气，有雅士风，斯人岂能再得；
> 无太平年，无干净土，现世何必多留。

倪小迂曾贺张涤俗八秩荣寿：

> 八秩年华自抑扬，头角峥嵘，辣手文章，风云变革叹蜩蟪，揭浊扬清，义喷盈肠；
> 铁划银钩翰墨场，诗笔词锋，宣战雄将，才名盛世适留芳，夕照青山，孺子心肠。

张涤俗，1899 年生，无锡市人。平生以临池为乐，擅长行书和小楷。行书宗书王右军、颜鲁公，小楷出入晋唐之间，典雅隽永，一笔不苟。除善书法外，通晓音韵，是江南诗词学会发起人之一，生前任无锡书画院画师。以上两行，似联却非联：不讲对仗，不讲平仄，却讲押韵。小迂先生真是别具一格。

另贺葆德姊九秩寿辰也是如此：

九秩遐龄呈葆光，不满能容，不竭能藏，经新历旧德兼才，完美矜持，晶结冰霜；
白发华巅玉体康，洞察人情，阅尽沧桑，良财兰桂荫华堂，教指荣红，幸福无量。

1992 年 8 月，倪小迂先生谢世，终年 92 岁。其时，无锡市社会各界名流纷纷题联挽之。据《无锡文史资料》第 27 辑记载，其中徐静渔挽道：

艺荐三绝，诗书画并茂；
年过九旬，寿德望齐辉。

徐静渔（1912 年—1994 年），南通如东人。1982 年 9 月创办无锡书法艺术专科学校，首任校长。曾任无锡市常务副市长、无锡市文联主席、无锡师范专科学校校长等职。另，历任中国书法家协会会员、中国书法家协会江苏分会副主席、中华全国书法教育学会副主席、中华全国诗词学会理事、江苏诗词学会副会长等职。有《临池轩诗草》行世。

该联对仗工稳，精练的词语概括了倪小迂一生，遗憾的是多处不拘平仄。

碧山吟社有挽联：

望重诗坛，时聚朋俦裁凤律；
星沉艺苑，常留翰墨炽人间。

"凤律"，即凤箫，亦名排箫，用长短不一的竹管制成，形似凤翼，故名。后世以指音律。

无锡市书画院也有挽联：

> 忆旧时白发早生，襟怀真如五湖水；
>
> 看今日丹青永存，精魂常绕九龙山。

冒亦诚亦有挽诗：

> 丹青妙笔继家风，书法诗词亦复工；
>
> 霁月光风堪作范，哲人其萎倍怦怦。

冒亦诚（1916年—?），南通如皋人，无锡市政协第六届秘书长。曾任无锡市政协联谊书画社社长、无锡市离休干部书画协会会长、无锡市书画院顾问、江苏省诗词协会理事等职。中华诗词学会会员，江苏省书法家协会会员。

无锡著名书画家王汝霖也有挽联：

> 数十年知交，翰墨相契，一向深情胜手足；
>
> 九二岁高龄，悲逢溽暑，竟然撒手归云天。

"溽暑"，指盛夏又湿又热的气候。全联情真意切，但对仗、平仄略有欠缺，又有不规则重字"手"，但仍不失一副值得一读的挽联。

王汝霖（1907年—?），字郁雨，别号雨林，无锡城内西河头人。书圣王羲之六十七世裔孙，王昆仑堂弟。1930年毕业于国立

云林楹联

中央大学。绘画曾师从胡汀鹭，后拜于徐悲鸿、吕凤子门下。凡诗词、书画、摄影均有精深造诣。长期从事教育工作。

冯君辉

冯君辉（1868年—1935年），锡山区云林街道仓下村人，字光烈，一字补吾，号亦庵居士，晚清秀才。曾在薛福成府第任西席，居七尺场（现新街巷）。旧宅在中医院扩建时被拆除。据《无锡史志》总49期记载，其裔孙冯稚乾是无锡市现著名书法家。他提供了一副其祖冯君辉的自挽联：

负七尺躯，携半壶酒，冷眼看来，毕竟为谁留世上；
做一场梦，抛万卷书，掉头归去，从此不复到人间。

此联对仗颇工，平仄和谐，写出穷白书生的心怀。

祇陀寺

祇陀寺始建于梁武帝大同二年（536年），由邑人王建舍宅为寺，坐落于梅里乡祇陀村（今云林长大厦）。

祇陀寺初名祇陀讲寺。北宋淳化二年（991年），宋太宗赐名崇教禅院。明洪武二十五年（1392年）复改祇陀讲寺，但人们习惯简称祇陀寺。中华人民共和国成立前，祇陀寺的主要建筑有天王殿（又名金刚殿）、关帝殿、大雄宝殿、玉皇殿、大悲殿、观音殿、东房大殿、西房大殿。另有祖堂、斋房、正觉堂、禅房、文昌阁（后改藏经楼）。

祇陀寺原建筑已废，但是寺内飞虹桥、香花桥这两座宋代武康石古桥犹存，并入选无锡市第一批乡土建筑保护名录。

明代，宗教节日逐渐成为庙会，原四月初八的浴佛节成了节场（庙会）。当地素有民谚"落魂泰伯庙，收魂祇陀寺"。祇陀寺庙会是无锡地区最后一个节场，之后进入农忙时节。

2005年秋，祇陀寺移地重建，坐落于原寺西南，占地面积20多亩，建筑面积6200多平方米，寺内设有：天王殿、大雄宝殿、观音殿、地藏殿、藏经楼、寮房、斋房、客堂、山门及放生池等。

2012年11月25日，祇陀寺举行移建落成暨佛像开光庆典。中国佛教协会常务理事、江苏省佛教协会副会长、扬州大明寺方丈能修法师，江苏省佛教协会副会长、无锡市佛教协会会长、无锡南禅寺方丈能开法师等高僧大德与会，盛况空前。

现祇陀寺山门前广场上竖有四柱三门二层石牌坊，正门题额"祇陀福地"，两侧镌刻蓝底阴文联：

相相离相，亲证实相之妙相；
门门普门，直入无门之法门。

这是一副寺庙通用联。上联的大意是：万法诸相都要离相，而不着相，方能够辨明真相；下联的大意是：八万四千法门都是进入佛法智慧解脱之门。2010年春由无锡华四维正楷书法。

牌坊背面正中题额为"佛道崇虚"，两侧镌联为：

慈悲喜舍，度樊笼出迷津；

信解行证，入华藏之玄门。

这是一副寺庙通用联。"樊笼"，比喻受束缚而不自由的境地。"信解行证"，佛教名词，指修学佛法之进程。先信仰其法（信），次了解其法（解），再依其法而修行（行），最后必能证悟道果（证）。"华藏"，"莲花藏世界"的简称。《华严经》认为华藏是一个庄严、美妙、圆融、和谐、清净的世界。"玄门"，玄妙的法门，用来总称佛法。

边柱一联为：

普天共入华藏界；

大地同游净土门。

"净土"，佛教名词，指圣者所住之国土。此联于 2010 年春由胡惠山正楷书写。

广场后为两层三门翘角山门，正门两侧檐廊抱联为：

有福方登三宝地；

无缘难入一乘门。

此亦为佛门通用联。"三宝"，佛教名词，指佛、法、僧。"一乘门"，佛教名词，谓引导教化一切众生成佛的唯一方法或途径。

大雄宝殿檐廊正门抱联：

慈眼视众生，弘誓深如海；

慧日破诸暗，普明照世间。

　　此联大体从《法华经》中摘句而成。《法华经》云："弘誓深如海，历劫不思议。""无垢清净光，慧日破诸暗，能伏灾风火，普明照世间。"上联大意是：发大愿，慈悲为怀，以此来看待千百万种不同的众生；下联大意是：佛之智慧（慧日）普照众生，能破无明生死痴暗。此联于 2006 年由南海戒慈书。

　　两侧抱联：

现身净饭，国中九有四生，同尊慈父；

说法灵山，会上十方三世，共仰能仁。

这是大雄宝殿之通用联。

最边上还有一副由高振波、潘永红阖家于 2009 年乐助之抱联：

佛驾遥临，百万神灵皆拥护；

法门宏开，三千世界总光明。

此也是佛堂通用联。由无锡徐武书。

殿内前柱正中悬一抱联：

暮鼓晨钟，警醒尘寰名利客；

经声佛号，唤回苦海梦迷人。

前柱两侧悬一抱联：

云雨普降，不润无根之草；
佛门广开，难度不信之人。

这也是佛教通用联，寺庙使用很广泛，只是上联"云雨"有误，应为"法雨"。

后柱也有一副抱联，为潘福兴、吕惠珍全家乐助，无锡萧平书：

佛即是心，心诚则灵，灵气感应，非神即神；
法悟性正，正大光明，明了因果，非佛即佛。

此联运用了"顶真"手法，别开生面。严格来说，此非联，或非工整对联。

大雄宝殿前东侧为二层观音殿，殿前有一抱联：

妙相圆融，尘刹皆度，有感皆通；
悲心至切，群迷遍现，无求不应。

此联与苏州西园戒幢律寺山门联相似，其为：

妙相圆融遍尘刹，而无求不应；
悲心志切度群生，凡有感皆通。

此联于2010年春由赵鸿坤书写。

殿内有联：

> 慧眼遥观，普开十方觉路；
> 圣手高举，提携万类迷津。

此联于 2010 年秋由无锡孔令坤正楷书。

观音殿南侧有二层文昌殿，楼下门口檐廊有抱联：

> 诗书传家，冠冕世代通南极；
> 簪缨泽世，文章千载列上台。

此联由朱熹二十七世孙耀良书。

文昌殿对面为二层财神殿，门口檐廊"财神殿"匾额两侧有抱联：

> 坐贾沐神，麻默佑经营滋万利；
> 行商沾圣，力明扶筹计获千金。

这是一副祈求经商发财的对联。

土地堂

旧时的农村多有土地堂。据长篇诗史《华抱山》作者朱海容老先生回忆，在锡山区云林街道仓下村，曾有一座土地堂，并悬有颇有意味的一联：

眼看村内恶事；

手抓外来邪鬼。

　　据中华人民共和国成立前无锡有关报纸刊载，另有几副其他土地堂联也很有意思，如 1936 年 9 月 2 日无锡《新闻汇报》记载一副佚名联：

公公十分公道；

婆婆一片婆心。

　　土地堂一般不大，只有小屋一间，3 尺高，近 1 平方米，却是瓦房，内供一对泥塑老夫妻，谓土地公公和土地婆婆。该联充分利用规则重字，突出了公公的公道、婆婆的婆心。

　　1946 年 9 月 18 日的无锡《人报》也刊载二联，其一为：

大小是个官长；

多少有点神通。

　　另一联为：

虽非高级官吏；

也是当道人员。

　　土地堂一般设在村头巷尾之路口，确是"当道人员"。该二联有异曲同工之妙。

厚桥楹联

　　厚桥，地处无锡东南部，五山参差，四荡映天，林木葳蕤，一泓碧波宛山荡，千年古刹嵩山寺坐落于此，更有朝阳庵、义庄古迹等胜迹错落其间。红色根据地江抗司令部，现代化美丽水乡谢埭荡，古韵馨香醉美梨园朱巷桥……钟灵毓秀，诗情画意，展现了江南水乡特有的一派好风光。

　　厚桥人秉承祖训，崇文重学，向善务实，人才辈出。此地有被誉为"植东吴之桃李"的清代江南鸿儒浦起龙，有民国年间实业救国的金融实业家谈荔孙，有与荣氏兄弟共同创业的工商奇才浦文汀，有"政学两界、长袖而舞"的著名学者浦薛凤，有开创了中国海洋与农业气象学的气象学家吕炯，有为党的事业鞠躬尽瘁的国防科工委老领导周一萍……群星璀璨，光耀史册，厚桥这片沃野养育了一代又一代经天纬地的栋梁之材。

　　这里有一脉传承所形成的地域风情。厚桥本是农耕之地，厚桥子民世居于此，莳稻种麦，植桑养蚕，民风淳朴。春节有"元宝茶"迎客，一缕清香沁人心脾，一片真情浓郁至诚；清明游鸿山，青白团子待亲眷，软糯适中，香甜可口；中秋庆团圆，推酥麦饼敬老人，盛意拳拳；除夕年夜饭，阖家守岁，融融亲情温暖如春。

一方山水，一道风景，厚桥用最质朴的文明礼仪演绎着道德风尚的升华。年轮滚动，时光荏苒。如今，厚桥人民高擎"厚德崇实、创新奋进"的精神旗帜，正满怀信心、激情和勇气，向着更加高远的宏伟目标砥砺前行！

桥　联

江南水乡，水是命脉，桥是风景。厚桥街镇，自明永乐年间始建，至今已有 600 多年历史。她四方绕水，是一个名副其实的江南水乡古镇。

厚桥南朝京杭大运河，西伴走马塘长河，北倚九里河，东则宛山荡、谢埭荡、陆家荡、白米荡、八仟荡等荡荡相连。

水系丰盈就有桥梁纵横。横跨境内十多里的走马塘上就有陆倍桥、周童桥、塘西桥、迎龙桥、嵩山桥、塘家桥等近十座桥。在宛山荡入口盛塘河畔有大成桥、关桥（昇平桥）、芙蓉塘桥、鲇鱼塘桥等。九里河上，跨有鸭城桥、石埭桥、九里桥、西安桥、中安桥、太平桥、兴塘桥。沿鹅湖断塘桥往北即厚桥东桥。东桥北行至八仟荡，则建有积余桥、陈三房桥、应龙桥、曹墓塘桥、昌浦桥、徐冲桥、桑园桥、辞家桥、朱舍桥、旺家桥、让界桥、僧伽桥等数十座内河桥。

厚桥有 20 多座不同时代的古桥被列入史志记载。

大成桥

建于清乾隆年间，架于宛山荡之上。花岗岩单孔石孔桥。桥拱高 5.3 米，桥长 28 米，宽 2.9 米，跨径 9.5 米。2003 年列入无锡市文物保护项目。2010 年在宛山湖湿地公园建设中落架移建。有桥联一则：

胜迹平分，右梁溪左虞麓；

浩流奔赴，前宛水后长江。

大成桥曾是无锡往来常熟的必经之处，桥东不远即为常熟，故上联有"右梁溪左虞麓"云云；又桥下流水，北导长江，南引宛山荡，故下联有"前宛水后长江"云云。

钓渚渡桥

钓渚渡桥原在云庆庵前，故亦名云庆桥。原址在无锡厚桥谢埭荡，桥北即常熟张桥。明崇祯年间范弥恬兄弟重建。全长74米，宽3米，为拱形三孔石桥。两块各设30级踏步。1982年起先后被列入无锡县、市文物保护项目。该桥在2005年被迁移至常熟沙家浜景区。东侧桥联：

钓渚依然一水安流通古渡；

卿云犹是半峰佳气俯平湖。

"卿云"，即"庆云"，一种彩云，古人视为祥瑞。

承先桥

有厚桥门户之称的承先桥，亦名赵家东桥，系赵氏独家兴建的三孔石拱石级桥。东西贯通东桥古街，南北则是苏锡水路交通的唯一航道。有桥联一则：

一门三代独建；

五湖四海通达。

陆皮桥

中东村陆皮桥是现存村中三座古桥之一，为双排平板石桥，方形桥洞。始建人和时间无从查考，仅留有民国十九年修建和募款的石碑。但桥顶上圆形的"陆皮桥"字和桥洞两侧的桥联依旧清晰可见：

一水直锁谢湖月；

陆皮径滕鸿山峰。

"谢湖"，疑即谢埭荡。"滕"，捆、束。上联说桥洞之圆，下联说桥拱之高。

浦起龙

浦起龙（1679年—1762年），清康熙十八年（1679年）出生于厚桥，字二田，号孩禅，晚号三山伧父，人称山伧先生，是清代著名的经史学家、教育家。他好读经史，著作甚丰。其所著《读杜心解》《史通通释》，均被收录入《四库全书》。

浦起龙雍正七年（1729年）中举，次年中进士，三年后授扬州府学教授，但因父病故未能赴任。雍正十二年（1734年），应邀赴云南昆明担任五华书院的山长（即院长）。乾隆二年（1737年）回到家乡无锡。乾隆四年（1739年）出任苏州府学教授，主紫阳书院。清代著名学者王昶、钱大昕，经史学家王鸣盛为诸生时均受业其门下。

他一面讲学，一面着手对《左传》《国语》《国策》《楚辞》《文选》《文苑英华》等14种古籍的历代评注进行校勘，参照不同版本补脱去衍，修正错谬，汇集各家注释，自己又详加评注，历时17年，汇集成七十九卷的《古文眉诠》，在古籍校勘领域有相当高的成就。该书于乾隆六年（1741年）付梓开雕，3年刻成。

乾隆十年（1745年），因年老辞职回家，着手校勘、研究唐刘知幾的《史通》，并写作《史通通释》。历时7年，五易其稿，八次修改方始竣工。乾隆十五年（1750年），应无锡知县王镐邀请，与同邑华希闵、顾栋高等共修《无锡县志》。

有联赞曰：

　　随时化雨植东吴之桃李；
　　铸史熔经育南国之菁华。

上、下联分别称颂了浦起龙担任紫阳书院、五华书院山长的功勋。

中华人民共和国成立前，浦起龙安基里老家厅堂悬有清状元顾皋手书的楹联：

　　五十江南名进士；
　　八旬鸿北老诗人。

附文：

《联律通则》（修订稿）

中国楹联学会

引　言

　　楹联是中华文化宝库中的独立文体之一，具有群众性、实用性、鉴赏性，久盛不衰。楹联的基本特征是词语对仗和声律协调。

　　为弘扬国粹，我会集中联界专家将千余年来散见于各种典籍中有关联律的论述，进行梳理、规范，形成了《联律通则（试行）》。

　　在一年多的实践基础上，又吸纳了各方面的意见进行修改，制定了《联律通则》（修订稿）。现经中国楹联学会第五届第十七次常务办公会议审议通过，予以颁发。

第一章　基本规则

　　第一条　字句对等。一副楹联，由上联、下联两部分构成。上下联句数相等，对应语句的字数也相等。

　　第二条　词性对品。上下联句法结构中处于相同位置的词，词类属性相同，或符合传统的对仗种类。

　　第三条　结构对应。上下联词语的构成、词义的配合、词序的排列、虚词的使用，以及修辞的运用，合乎规律或习惯，彼此对应平衡。

第四条　节律对拍。上下联句的语流节奏一致。节奏的确定，可以按声律节奏"二字而节"，节奏点在语句用字的偶数位次，出现单字占一节；也可以按语意节奏，即与声律节奏有同有异，出现不宜拆分的三字或更长的词语，其节奏点均在最后一字。

第五条　平仄对立。句中按节奏安排平仄交替，上下联对应节奏点上的用字平仄相反。单边两句及其以上的多句联，各句脚依顺序连接，平仄规格一般要求形成音步递换，传统称"平顶平，仄顶仄"。如犯本通则第十条避忌之（3），或影响句中平仄调协，则从宽。上联收于仄声，下联收于平声。

第六条　形对意联。形式对举，意义关联。上下联所表达的内容统一于主题。

第二章　传统对格

第七条　对于历史上形成且沿用至今的属对格式，例如，字法中的叠语、嵌字、衔字，音法中的借音、谐音、联绵，词法中的互成、交股、转品，句法中的当句、鼎足、流水等，凡符合传统修辞对格，即可视为成对，体现对格词语的词性与结构的对仗要求，以及句中平仄要求则从宽。

第八条　用字的声调平仄遵循汉语音韵学的成规。判别声调平仄遵循近古至今通行的《诗韵》旧声或现代汉语普通话的今声"双轨制"，但在同一联文中不得混用。

第九条　使用领字、衬字，介词、连词、助词、叹词、拟声词，以及三个音节及其以上的数量词，凡在句首、句中允许不拘平仄，且不与相连词语一起计节奏。

第十条　避忌问题。（1）忌合掌；（2）忌不规则重字；（3）仄收句尽量避免尾三仄，平收句忌尾三平。

第三章　词性对从宽范围

第十一条　允许不同词性相对的范围大致包括：

（1）形容词和动词（尤其不及物动词）；

（2）在以名词为中心的偏正词组中充当修饰成分的词；

（3）按句法结构充当状语的词；

（4）同义连用字、反义连用字、方位与数目、数目与颜色、同义与反义、同义与联绵、反义与联绵、副词与连词介词、连词介词与助词、联绵字互对等常见对仗形式；

（5）某些成序列（或系列）的事物名目，两种序列（或系列）之间相对，如，自然数列、天干地支系列、五行、十二属相，以及即事为文合乎逻辑的临时结构系列等。

第十二条　巧对、趣对、借对（或借音或借义）、摘句对、集句对等允许不受典型对式的严格限制。

第四章　附　则

第十三条　本通则作为楹联创作、评审、鉴赏在格律方面的依据。由中国楹联学会解释。

第十四条　本通则自 2008 年 10 月 1 日起施行。2007 年 6 月 1 日公布的《联律通则（试行）》同时废止。

后　记

继锡山区政协推出《人文锡山》丛书之后，《锡山楹联》又面世了。《锡山楹联》一书，其由来可上溯十余年之前。初，许荣海先生花费了大量的心血，收集、汇编了锡山区所存留的楹联。后来，区政协学习文史和社会法制委员会组织人员据此写出《锡山楹联》初稿。在此基础上，广泛征求、听取相关专家意见建议，特别是得到了省楹联研究会会长周游、副会长魏艳鸣和市楹联学会会长袁宗翰对编写工作的关心和支持，于是再次组织力量，邀请周凤鸣、姚伟明两位先生重加编撰，删繁补遗，钩玄探微。七易其稿，遂成此观。其中东亭、鹅湖、东港三部分由姚伟明执笔，安镇、羊尖、东北塘、锡北、云林、厚桥六部分由周凤鸣执笔。

书中所采录的楹联，以锡山域内现存者为主，同时也适当辑录与锡山人、事相关涉的旧联（如古人文集及中华人民共和国成立前锡城报纸中的楹联）。为使本书增色补憾，区政协邀请省楹联研究会著名联家到锡山区实地采风，创作了一批佳联，亦已收入本书，拟邀书法名家挥毫，悬挂于现场。本书选联不求赅赡，仅撷其精粹，故现存楹联未能尽入；又因某些名迹存联较少，恐有遗阙，故少量未能尽善之作，亦有所收录。

为帮助读者鉴赏楹联，特将《联律通则》（修订稿）作为附文。

书中图片由锡山区摄影家协会会长虞伟忠先生组织力量拍摄，图文并茂，使本书增添了许多美感，也让读者更有现场感。

锡山楹联

206

此书亦得到区委宣传部、区文联及各镇（街道）的积极配合和鼎力支持，一并表示感谢！

　　因编者水平有限，本书难免存在错讹之处，尚请读者不吝赐教！

后记